如何 写砸 一本小说

How Not to Write a Novel

[美] 霍华德·米特尔马克

Howard Mittelmark & Sandra Newman

[美] 桑德拉·纽曼 著

于翼飞 译

九州出版社

JIUZHOUPRESS

目 录
contents

前 言 / **11**

第一部分　情节布局

第一章　开头与设定 / **5**

丢了只袜子 / 5

等候室 / 7

长长的飞机跑道 / 10

假期风光幻灯片 / 13

我无以言表 / 15

壁炉台上的口香糖 / 16

唉，别管他 / 19

灼人的拥抱 / 20

第二章　复杂度与节奏感 / **24**

对了，我是名专业狙击手 / 27

玫瑰色的半满玻璃杯 / 28

似曾相识 / 30

芝诺的手稿 / 33

未发生的情节 / 34

良性肿瘤 / 35

睡魔先生，我再三考虑过了，给我把枪 / 36

自助洗衣店内的第二次争吵 / 38

哦，还有？ / 40

第三章　结　尾 / 45

但流星能落到那儿，对吧？ / 45

"至尊魔戒统领众戒！"老牛仔说道 / 48

偷内裤的小精灵 / 51

再见了，无情的读者！ / 53

从谜一般的视角看灵魂阴谋之谜 / 54

再加上 20% 的说教！ / 56

第二部分　角　色

第四章　角色要素 / 63

普通身高的男人 / 63

我是什么肤色？ / 64

柯达时刻 / 66

调到娱乐台！调过去！ / 67

琼·里弗斯在小说开始前的专场表演 / 67

第五章　开始了解你的主人公 / 69

平凡的一天 / 69

孩子啊，你已离题万里 / 71

好过头，反而假 / 72

纯素食的维京海盗 / 74

爱屋及乌，爱我及我猫 / 75

疲于同情 / 77

我在表达我的性欲 / 78

第六章　搭档及其他重要角色 / 81

金波比我更懂我 / 81

克隆随从 / 83

啦啦队 / 84

毫无个性的一大群人 / 86

爱上芭比娃娃 / 87

男人来自老套星，女人来自模式星 / 89

白马王子配不上我 / 90

可爱的典狱长女儿 / 91

滑稽的情人 / 92

圣诞村庄的最后一支探戈 / 93

第七章　坏家伙们 / 97

罪犯的内心 / 98

但他爱他的母亲 / 99

退休感言 / 100

君子报仇，必得当众 / 101

一部被称为"它"的小说 / 102

谜语人 / 103

我在融化！ / 104

无畏的揭露 / 106

第三部分　风格——基础

第八章　词语和短句 / 117

河　豚 / 117

暮光手包 / 119

发出咿轧音的遮阳伞 / 121

这句习语能用吗？ / 123

太熟悉反而不当回事 / 125

找是说真的！！这很重要！！！ / 127

第九章　句子和段落 / 130

极简主义 / 130

配料表 / 132

累赘的同义反复 / 133

诉讼案情摘要 / 135

令人垂涎欲滴的世界一流文案 / 137

喂，我得走了 / 139

一根像老二的香肠 / 141

线性关系耷耷肩 / 143

以艺术的名义胡说八道 / 144

痘痘大爆发 / 146

泥营改在那里 / 148

第十章　对　话 / 150

此人断言道 / 151

那位迷人的男子说 / 152

刚从为时三个月的北极探险回来的男人说 / 153

"去你的！"他不敬地说道 / 155

袜子玩偶表演 / 158

隐形人的习俗 / 160

法庭书记官 / 162

别管我们 / 164

含糊其词 / 166

"你好，我是妈妈！" / 168

"但是，船长……！" / 169

"就是妇科疾病再次发作的那会儿……" / 171

那些外国人 / 173

第四部分　风格——视角与表述

第十一章　叙事立场 / 181

我令我完整 / 181

抓住这个麦克 / 184

网球比赛 / 186

民主制度 / 190

读心术 / 192

范式转移 / 193

服务中断 / 195

时态：被忽视的过去 / 198

时态：无法忍受的过去 / 199

第十二章　内心独白 / 202

温室植物 / 202

你的一颦一笑 / 204

未通过图灵测试 / 205

你必须过我这关 / 206

哈姆雷特在熟食店 / 207

卡住的唱片 / 210

双面人 / 211

我这个年轻人 / 213

先发制人 / 215

天鹅之歌 / 217

第五部分　糟糕的小说什么样

第十三章　设　定 / 223

骗子肖像册 / 223

美食频道 / 225

神秘的经济状况 / 227

第十四章　研究工作及相关历史背景 / 232

"你好！我是中世纪骑士！" / 232

芝诺的 iPod / 236

"嘿，查理曼大帝，那场大战打得怎样？" / 237

那叫什么来着？ / 239

随后梅尔·吉布森举起他的大砍刀 / 240

阶级斗争 / 241

研究论文 / 243

第十五章　主题思想 / 245

序　曲 / 245

适时顿悟 / 247

遮羞布 / 249

广告时间 / 251

餐后说教 / 253

教育片 / 254

用邮寄的方式灌肠 / 257

CK 激情迷惑香水（你知道他是犹太人，对吧?）/ 258

旷野之声 / 259

第六部分　切勿私下尝试的特效和新奇行为

《海斯法典》/ 263

《阁楼》杂志投稿 / 265

超凡的能力 / 267

安装说明 / 268

华丽文章 / 269

新生事物：恐龙 / 270

一大群托儿 / 271

哑 剧 / 272

"你好！我是作者！" / 275

第七部分　如何让小说卖不出去

询问信 / 279

内容梗概 / 288

检 查 / 290

排 版 / 292

别把你的小说寄往这些地方 / 293

后 记 / 297

前　言

约翰·肯尼迪·图尔的事例常常为作品还未出版的作者所引用。因为找不到出版商来出版小说《笨蛋联盟》，图尔结束了自己的生命。此后，在他母亲坚持不懈的努力之下，此书最终得以出版，并获得巨大的赞誉，还为他身后赢得了普利策小说奖。

我们当然可以说这是一种策略，然而这需要作者的母亲做出极大的奉献，作者本身的奉献则更为巨大。当然巡回售书活动也将难以开展。更重要的是，这种方法只有在一种情况下才奏效：你写完一部无与伦比的伟大作品，就等着出版界和读者大众有朝一日慧眼识珠，给予你应得的荣誉。

如果是这样，本书对你毫无用处。可如果你的作品仍有改进的余地，那么我们可以帮上忙。

想让自己的作品获得出版的作者当然可以参考市面上浩如烟海的写作指导书：大作家的皇皇巨著，名气稍小的作家提出的弧状结构和情节安排公式，以及教你释放心中的艺术感觉或解放创新思维的启发类书籍。

然而以上书籍我们一本也不推荐你去读。最好是多读优秀的作品，你读的好作品越多，你的写作能力也越强。启发类书籍也许真的能对你有所启发，或者至少充当了小飞象丹波①那神奇的大耳朵的作用。就连情节轮②也足以引人发笑，你可以从一个装满"特性"的大盒子中取出零部件来拼凑出一个类似蛋头先生的新角色，开开心心地消磨掉一小时的闲暇时光，然后带着满脑子新鲜的念头回去写你的小说。

如果读一读史蒂芬·金的《谈写作》就有用的话，那我们人人都能写出引人入胜的通俗小说，且能登上畅销榜单。讲习班长年积攒的经验也告诉我们，即便是《内在艺术家》这样的指南书也会犯下和心怀艺术之梦的普罗大众一样的错误。此外，当你尝试按照指南中的规则进行写作时，会时常感觉有话不能说、有梦不让做，四处受制约，况且任谁都会发现书中列出的每一条所谓"规则"都会有对应的小说将其

---

① 美国动画电影《小飞象》主角，因有一双大耳朵而被同伴嘲笑，后来偶然发现大耳朵有超能力，并因此获得了同伴们的喜爱。——编者注

② 情节轮（plot wheels）：一种写故事的技巧，由 Sue Viders 和 Becky Martinez 提出。该技巧主张将故事的架构比作一只车轮，角色、行动、原因、困境、同伴、冲突、危机、转折、高潮和结局组成十条轮辐，缺　不可，如此使情节轮滚动起来，故事得以推进及完成。——译者注

打破，而且是一些取得了巨大成功的小说。

我们由此发现了这一需求，需人之所需。

所有这些写作指导书力求提供独特的乃至截然不同的写作方法。但如果你把这些作者都关进一间房间，向其中慢慢充水，告诉他们唯一的得救办法是就写作问题达成一些共识，所有人存活的唯一希望就会放到了这一点上：告诉你哪些不能做。而这正是本书的内容。

我们不打算告诉你怎么写、该写些什么。我们只打算告诉你一些编辑因为忙于拒绝你的投稿而没来得及告诉你的事，告诉你犯了哪些他们一眼就能发现的错误。在那些没人会买的小说里，编辑们一次又一次地看到这些错误。

在这里我们给出的不是规则，而是观察结果。"红灯不左转"是规则，"驾车高速冲向一堵砖墙的后果往往很惨烈"是观察结果。

看了数百本尚未出版或因质量堪忧无法出版的小说，我们已经在"路边"站了很久。要是你跟我们一起站，就会看到本可避免的惨剧几次三番上演，场场都如出一辙。然后，你也会得到与我们相同的观察结果。

别把我们当成交警或者驾驶教练什么的，就把我们当作你自带的导航系统，日夜无休随时待命，每当你迷了路，心惊胆战地四处张望，脑中蹦出一句"活见鬼啊，我怎么跑这儿来了"时，亲切友好的声音总会在你耳畔响起。

第一部分

情节布局

并不只是一大堆发生过的事

作者的职责只此一个：让读者看下去。为达到这一目的，所有可用的工具中最必不可少的一样就是情节。无论情节传递了情绪（"杰克害怕承诺，这会让他错过与辛西娅之间的真爱吗？"），还是展现了理智（"但是杰克，辛西娅的尸体是在上了锁的房间里发现的，那儿除了地上一小滩水，茶几上一只刚解冻的羊腿，其他什么都没有!"），抑或含有暴力（"杰克对国际恐怖分子辛西娅·阿布扎比惨无人道的折磨会导致定时炸弹的位置曝光吗？"），这都无关紧要，只要能促使读者对后续内容产生兴趣就行。如果读者不关心后续内容，那就不会有后续了。

在一部好小说中，代表性的情节往往从引入一个身陷棘手问题的令人同情的角色开始。随着情节的推进，主角穷尽一切手段力求解决问题，富有冲击力的事态发展和令人震惊的新信息帮上了忙或带来了阻挠。痛苦的内心冲突在驱使主角勇往直前的同时，也令其在真相大白之际不知所措。最终主角以出乎读者意料的方式成功解决了问题，但回想起来，其所做所为竟不失优雅又必然如此。

无法出版的小说代表性的情节往往从介绍主角开始，接下来介绍她的母亲、父亲、三个兄弟，还有她的猫，给每人一个长长的场景描写，在其中轮番展示所有人的行为习惯。紧接着是这些人之间不同组合的互动场景，其中穿插着无休止地开车去饭店、去酒吧、去每个人家中的场景，所有这一切均包含详尽的细节描写。

无法出版的小说中有个典型情节是，主角剪了个糟糕的发型，在这一刻她的自尊已所剩无几。接下来为她安排了一系列场景：妈妈虽然觉得她在剪头发这件事上花费太多，但还是认识到自尊对心理健康至关重要；男朋友不理解她的需求，但最终承认自己考虑事物的优先级是建立在性别的基础上；在经历一系列令人精神紧张的事件之后，她想要来个泡泡浴放松一下。在泡澡的过程中主角又将以上三个场景反复思量。第 120 页提及她第二天早上醒了过来，至此仍然没有任何迹象表明这是个有头有尾的故事。

　　有时候还会有个沉思般的开场白，展现的场景是主角看向窗外，默默思索那些作者没空放入正文的哲学难题。有时会有个不知从哪儿来的声音论述那些哲学难题，有时哲学被彻底舍弃，单单呈现主角看向窗外、脑中想着美发产品的情形。

　　未出版的书稿中呈现出来的大多数问题都可以用一个简单的策略来解决，那就是明确你所追求的目标，然后长话短说，单刀直入。不要洋洋洒洒写了几百页却还不知道自己想讲什么故事。不要写个几百页来解释你为什么想要讲后续的这个故事，角色为什么在一开始过着那样的生活，角色又是经历了什么才会有这个故事。这几百页你就得写这个故事本身，否则你写的东西将来不会摆在图书馆的书架上，只会躺在图书馆地底下的垃圾填埋堆里。事实上，如果犯下后文所述的任何一条情节架构上的错误，那么你的小说所起的作用无非就是让一沓纸在变为土壤覆盖物之前绕了一小段弯路。

第一章

开头与设定

一部原稿快速划过天空……

许多作者以糟糕的设定和不忍卒读的开头令他们的故事胎死腹中。以下是我们在丰富的实战经验中总结出的（糟糕）策略，任选一条试上一试，定会让你在雄心勃勃地踏上叙事征程之前自断双足。

丢了只袜子

情节过于微不足道

"蠢货。"托马斯·亚伯拉罕边摇头边想道，他刚刚在莱恩·斯图尔特忧虑重重的注视下检查了下水管道。"蠢，蠢，蠢透了。"他不停咕哝。他蠕动着身体从水槽下方钻出来，起身后掸了掸灰色连体工装服上的沙粒，然后捡起写字夹板，在表格上记了几笔。莱恩一直焦躁不安地等着他的裁决。托马斯不介意让他就这么等着。

"行了，"他写完了，边收起钢笔边说道，"行了行了。"

"是什么问题？"莱恩的嗓音抑制不住地微微发抖。

"不能用 B-142 连接附件来配 1811-D 短节接头，你那些人什么时候才能学会这一点？"

"但——但是——"莱恩结结巴巴。

"让我大着胆子猜一猜，会不会是你把 1811-D 和 1811-E 给搞混了？"他顿了顿，这才奉上致命一击，"……又搞混了？"

他扬长而去，看都没看一眼身后哑口无言的莱恩。想象着莱恩意识到犯错的后果时脸上的表情，他带着些对他的可怜暗笑了起来。

这样的主要冲突只够勉强撑起《帕曲吉一家》^① 中的一

---

① 《帕曲吉一家》(The Partridge Family)，美国音乐类情景喜剧，于二十世纪七十年代播出。——编者注

集。别忘了这部剧有 300 多页。小说的核心困境必须重要到将某个人的一生彻底颠覆的程度。

还有，你得写点大家都感兴趣的东西。写小说时会把自己个人的兴趣误认为其他所有人的兴趣，这块绊脚石你需要跨过去。有些事情连你的室友、朋友和母亲都不想再听了，千万不要把写小说当作你发泄的机会。不管你多么热切地希望矮个子男人能为佳人所垂青，或者希望合法正当地把不肯修管道的房东痛斥一番，尤其当房东明明已经违反了租约上某些条款，却装作一无所知时，而你对此却清楚得很，因为你早就把租约复印好、打上标记，并为他准备了一份，还给了你的室友、朋友和母亲各一份 —— 这些不是情节，只是一通牢骚。

并不是说感情不幸且家中管道质量不达标的矮个子男人就不能作为你的主角，但是他的身高和家中管道的状况应该作为背景穿插在主要情节中简略带过即可。主要情节该是他一边赶往犯罪现场，一边苦苦琢磨怎么会有人被一条羊腿给打伤了的。

✍ 等候室

故事在其中耗了太久

雷吉在蒙托克登上火车，在餐车厢附近找了位置坐了下来。闻着隔壁车厢飘来的奶酪汉堡的可怕气味，他开始思索自己当初是怎么下决心要当医生的。打小他就对疑难杂症感兴趣，但这意味着救死扶伤就是他的使命所在吗？火车颠簸着，让他没法打盹，奶酪汉堡的味道又让他犯恶心。跟看到血时的感受一样，他意识到自己至今依然晕血。多年前怎么会做了那个决定的？

　　蒙托克的风景在窗外快速倒退而去……

（10 页后：）

　　蒙托克最后几幢房子在沙黄色的草丛间显得小小的，在雷吉无边无际的阴沉心境衬托下似乎正在闪闪发亮。雷吉深入思考当下困境的成因。要是当初没有听取弗兰克叔叔的建议，而是按自己原本的意愿去读生物学博士就好了。当时弗兰克叔叔习惯性地抓着自己多毛的脖子对他说："雷吉，你现在可别犯我 1956 年时犯过的错误，我那时去读了生物学博士，就这么放弃了……"

（10 页后：）

"……总之我就这样碰到了你凯瑟琳婶婶。你也就来了这里。"弗兰克叔叔总结道。雷吉一时不知所措，他想着不是几个月前刚从堂兄斯图那儿听说妈妈和弗兰克叔叔有染吗？那时候斯图打电话来说自己得了宾州的高尔夫奖学金。这件事又触到了雷吉的伤心处，让他觉得去上医学预科班真是个错误的决定……

作者没完没了地炮制一个又一个场景来提供各种背景信息，但主要故事至今没半个影子。到了第50页，读者依然不知道了解雷吉的真实出身、医学事业，或者蒙托克的地形地貌有何重要作用。到了第100页，读者终于开始强烈怀疑这些信息其实根本不重要。到这么晚才发现，也真是前所未有的体验。

作者还创建了一个场景，那里面什么也没发生。别忘了，从读者的角度来看，故事的主线是此时此刻发生在主角身上的事。所以不管雷吉在火车上都想了些什么，故事的主要动作场景是一个男人坐着，盯着窗外看，他感觉有些恶心。该画面一页又一页地不停重复。

要避免创建那种角色单纯地身处其中回想或琢磨背景信息的场景。在真正有故事发生的场景中，角色有的是时间来进行这种思考。比如，在为自己的小弟弟进行一场救命手术的过程中，雷吉对自己所选择的职业产生了疑惑。这样的安排会比较合理。

如果你发觉自己没法去掉等候室的场景，那就老老实实地看一遍你的小说，思考最先写到的重要事件是哪一出，在此之前的所有内容也许都可以删掉。如果这些素材里确实有重要信息，可以用多短的篇幅解释清楚？你往往会惊奇地发现，一页的展示或内心独白就足以取代原本长达20页的内容。如果你想大刀阔斧地改，请参考后文的《给你的小说动个大手术》。

长长的飞机跑道

无目的地陈述角色的童年经历

1

雷纳尔多最早的记忆是关于他母亲的，当时这位伯爵夫人正为参加晚上的牌局穿衣打扮。那天晚上，臭名昭著的范·狄塞耳侯爵乘着他那辆有着路易十五式伞盖的华美马车前来接她。逐渐深沉的暮色中出现一对安哥拉阉马，挽具上有着时下正流行的花式及檐口装饰，这场景深深烙印在雷纳尔多的脑海，令他终生难忘。

"晚安，我亲爱的王子。"母亲站在门口向他说道，"一夜好眠。"

"我恳求您留下，母亲！"小雷纳尔多边说边指向淡红色路灯背后那令人心生恐惧的黑暗，"那不危险吗？"

"啊，那不过是幼童想象中的可笑怪物。"母亲高声嘲笑着拉上了门。夜里她毫发无损地回来了，给了他一根她赢来的焦糖色假阴毛①。

2

35年后，雷纳尔多翻下床来，冲男仆雨果哈哈大笑，然后开始了他的晨间洗漱。

很快，他便喷上了龙涎香香水，穿上闪亮的衣装。享用过些许舶来烟草和葡萄干之后，雷纳尔多喊道："雨果，今天早上不用弄穿山甲了，我决定取消课程，跟公主玩毽球去。"

出于种种不明的原因，不少作者觉得以一个40岁男人的5岁经历作为开场白来写一则关于他的小镇故事很有意义。他们往往会在角色真正开始行动之前，一以贯之地给出角色

---

① 十九世纪维多利亚时代有妇女剃光阴毛、带上假阴毛的习俗。——编者注

在 10 岁、15 岁和 20 岁时的英勇场景。这么做想必是为了让读者洞悉角色的主角特质，了解促使该特质形成的关键事件。这倒挺适合作为一篇论文发表在精神分析研讨会上，然而读者期待的是能够为之喝彩的故事。（"喝倒彩"虽然只比"喝彩"多了个字，读者却多听了一大堆令人昏昏欲睡的童年记忆。）

对角色了如指掌是你的职责，要尽量少与读者分享太多记忆，"要尽量少"的意思其实是"不要"。作为写作者，你为读者提供的服务是：讲故事。当你喊某人（比如说 IT 人员）上门提供服务时，你是要他把自己掌握的 C++ 语言、SSID 编码、公共密钥加密知识全都讲给你听吗？你不过就想让他告诉你怎么重新连上网啊。

给你的小说动个大手术

直接切入故事主题

要是你不知道怎么处理小说的背景信息才好，这儿有一条经受了时间考验的实用技巧，你或许可以试试。

找出一个核心动作场景，以正在进行中的情景作为小说的开端，让你的角色在激烈的冲突中首次出场，以此迅速抓住读者注意力。这或许是整本小说第

一个激动人心的场景，然而作者有时候会把最终的大场面放在开头，接下来的大部分内容旨在带读者兜个大圈子，最终绕回大火拼、集体自杀或阉割事件的大场面。当故事已显出些许张力时，你可以暂停动作场面，将读者带回过去，介绍一些必要的背景信息。

"动作场面"的说法并不意味着该技巧仅限于描述火爆场面。"我在这里，在广场饭店最贵的套房中，身上就裹了条浴巾。一想到自己要娶一位调味料产业的女继承人为妻，我就满心期待。但当我前去开门，却发现那并不是我要找的人……"同样应用了此技巧，效果跟"我在这里，在广场饭店最贵的套房中，身上就裹了条浴巾，走廊上的枪火声逐渐逼近……"是一样的。

假期风光幻灯片

用地点取代了故事

拉泰比班加罗特尘土大得多，奇普观察四周，重新系紧了背包。自从几周前开始东方探寻之旅，他仍不知道自己能否在此地找到更深层次的生活意义。莫非已经过去三周了？他一边在脑中盘算，一边品着苦涩的当地茶，这种茶用茶叶和滚烫的热水沏成。一，二，三，已经三周了！

　　他在班加罗特茂盛的植被中过了第一周，只因他在那儿偶遇了前来休春假的 M 大学学生希瑟，藤蔓状的异域食肉植物更增添一分浪漫气息。共度一夜之后，他们坐船去鲁宁索的山庄。他们在开往苏普拉申沿海环礁白垩悬崖的巴士上度过了最后一晚，他感觉两人之间的这点联系已快要消散在一路上雄壮而神秘的风景中了。在短短一段时间内，他可真是永远地改变了。

曾经有个时期，有本书的内容纯粹是作者从远方回来后所写的异国见闻，书卖得不错。这位作者叫马可·波罗，那时是十三世纪。如果你对一个有意思的地方格外了解，你当然可以把这些知识用进你的小说，以此塑造强烈的画面感和增添一些属于远方的特别风味。异域情调也许能为你的小说增添不少滋味，但不管你到访的地方多么奇异，骗子多么巧妙地共享了你的财物，你对大街上衣衫褴褛的儿童生出了多少同情之心，在非洲廷巴克图发生的故事，其写作准则都与在印第安纳州特雷霍特发生的故事完全相同。如果奇普除了欣赏热带岛屿的神奇景致什么也没做，那这个地点不过就是个枝繁叶茂的等候室——再说了，那些枝叶读者早就在探索频道看过了，还是高清的呢。

我无以言表

作者决定不与读者沟通

直到最终踏上巴黎的土地，奇普才明白为何人们称巴黎为"光之城"。全是光的缘故！巴黎的特别之处令人无法言喻，那感觉与回到特雷霍特的家中如此不同。他说不分明，那真是……je ne sais quoi[①]！他终于懂得这话是什么意思了。

他咬了一口手中的巨无霸。他就知道，就连这里的巨无霸尝起来都不一样——真不敢相信！这正是他整个人生中完全错失了的东西——现在再也不会错过。这感觉真棒。

啊，巴黎！光之城！

假期风光幻灯片中的一个子集中包含着这种小说：其中，异国地点的价值意义仅仅存在于作者的记忆中，作者为这段经历目眩神迷，竟意识不到自己没能向读者具体传达该地点的现实信息，更别说具有感染力的信息。与"假期风光幻灯片"不同，这种小说在哪个时期都卖不出去，因为读者连风景都没得看。就如同你在向人们展示自己探访秘鲁马丘

---

① 法语，意为妙不可言。——译者注

比丘古城遗址时的幻灯片，你站在镜头前对着马丘比丘微笑地比画着，同时把整个景色都挡住了，没人看得见。读者不是来共享你的经历的。读者在想："他背后到底是个啥？看上去像是马丘比丘，也有可能是麦当劳。"

这一点并非仅限于对异国场景的描绘，诸如"太神奇了""不敢相信"之类的词能使任何经历、事件或设定变得模糊不清。（第三部分的"风格 —— 基础"会对此做更多讨论）

壁炉台上的口香糖

读者无意中被误导

　　伊琳娜走进育婴室，确保两个亲爱的姐妹到来之前暖烘烘的炉火已经生了起来。弯下腰摆弄煤块之前，她从嘴里扯出一块湿乎乎的粉色口香糖来，自打家族庄园来到彼得堡起她就一直在嚼这玩意儿。壁炉台上光秃秃的，伊琳娜把这一大块湿湿的黏胶牢牢地粘在了上面。

　　正当这会儿，万尼亚叔叔穿过暖房，在钢琴前停下脚步，来了一段怪异刺耳的和弦，琴声回荡在空中，似乎昭示着厄运来临。

　　"伊琳娜！"玛莎愉快地呼唤着走进育婴室。

冬日的冷风刮得她双颊泛红，虽然裹着厚实华美的毛皮，她的脸庞依然冰凉。三人中玛莎总是最时髦的那个，也许除去两个亲爱的姐妹，毛皮衣装是她最为珍视的东西了。玛莎张开双臂去拥抱她亲爱的伊琳娜，她最心爱的黑貂毛大衣的袖子眼看就要粘上那一大团黏糊糊的口香糖了。跃动的火苗把口香糖烘烤得又软又热，极具黏性。潜在壁炉台下方的火苗仿佛在屋内含着怒气，如一只饥饿又恶毒的海葵，等待猎物游过。看来只有神力介入才能救下这只袖子了。

"伊琳娜！玛莎！"娜塔莎大喊着进门，正好看到俩姐妹热情相拥。娜塔莎在三人中最漂亮，也最自负。打小起另外两个姐妹就亲热地逗弄她。她总是披散着一头金色长发，尽管这并不符合习俗。

正当娜塔莎向姐妹们奔去之时，一阵不祥的风从窗口吹来。她美丽的长发迎风扬起，在她肩上直打转，飘飘然好似一朵天真且毫无防备的金色云朵，对仅仅几毫米——以法国人的方式计算——开外的口香糖带来的危险无一丝觉察。

"来啊，有什么不开心的事，让我们到别的房间慢慢说去！"娜塔莎说道。

"对！走吧！"玛莎说道，三人一同离开了。

* * *

稍后，万尼亚叔叔从樱桃园走进来，把口香糖
清理掉了。

我有一好一坏两则消息。好消息是，既然你写的是虚构作
品，那你可以从头创造一个属于自己的世界。坏消息是，正因
为你从头创造了一个世界，该世界中的每样东西都应是你有意
识选择的结果，因此读者会假定这些选择背后存在某种原因。
马马虎虎地处置这些素材会招致许多意料之外的后果。比如对
读者来说，壁炉台上的口香糖最为重要。小说一开头就引出了
这一元素，它看上去那么重要，读者忍不住始终留意着，想着
什么时候它开始起作用。如果到最后它都没起什么作用，读者
会认为这样的处理不公平。记住：如果在第一章壁炉台上出现
了一块口香糖，那到最后它必须引发了什么事。

出于类似的原因，在真实的生活中毫不起眼的小细
节——朝房间那头迅速瞥了的那一眼，进酒吧时正播放着的
曲子的歌词——在小说中会显得尤为重要。如果你不得不浑
身湿漉漉地从淋浴房里冲出来收个意想不到的包裹，那可能
是你忘了自己曾在 Lands’ End 购物网站上订了一双园艺用
鞋。但如果你的角色中断沐浴，就因为来了只意想不到的包
裹，那就相当于告诉读者这只包裹将引发接下来一连串重大
事件。

以下还有两个常见的典型场景。

唉，别管他

角色的问题悬而未决

在那个四月的星期五早上，这条河显得前所未有的美丽与狂野。融化的雪水从西面巍然耸立的高山上源源不断地淌下，清冽的河水绕着我们的高筒胶靴哗哗流过，那时我和哥哥两人一言不发，平静地看着鳟鱼折射出彩虹般绚烂的光芒。

我的哥哥刚从战场上回来，他看上去十分焦躁不安。尽管我才十八岁，也辨认得出朗姆酒的味道，那气味就像傍晚时分即将落到我们头上的一团团飞虫般萦绕在他周身。密歇根来的两个运动员粗鲁而响亮的大笑声将我们的忧思打断，他们正跌跌撞撞地穿行在我们的树丛中。这时我发现哥哥怒火直冒。他似乎感受到了我的担忧，便朝着我笑了笑。他那张气呼呼的红脸上布满莹亮的汗水。

"战争会改变人，奇普。"他坦白道，然后第一次直接掏出随身的扁酒瓶来。"那条黑猎犬一旦闯进你的灵魂，就会开始撕咬你年轻时候的梦想。"

我想要问问他黑猎犬的事，但忘了问，也没有

什么令我想起这回事。第二天，我穿着爷爷的套
装，很不舒适地坐在联合太平洋铁路公司的普尔曼
式卧铺车厢中，准备开始在耶鲁大学的伟大征程。

在真实世界中，人们的生活通常被长期无人会提及的种
种问题所充斥。但在虚拟小说中，所有问题都是一首曲子的开
放式和弦。如果谁的哥哥有酗酒问题，哪个孩子的狗丢了，甚
至谁的车坏了，读者都会为这些人担心，期盼着作者能做些什
么。所有这些问题都需要有一个个小型故事框架来自圆其说。
不过这些次要情节很容易就会铺张开来占据你的整部小说。通
常来说，让读者的同情心集中在主要角色身上会比较好。

灼人的拥抱

意料之外的恋人

安娜双臂环住哥哥，紧紧抱住他。他闻到了她
身上淡淡的香水味，她身体的温热仿佛顿时将他的
烦恼全部驱散。去上大学后她稍稍胖了些，她的胸
脯透过薄薄的 T 恤衫轻柔而持久地压向他，触感
是那么明显。最后他松开了她，脸颊微微泛红。他
说道："为什么我不能像跟你说话时那样跟阿曼达
说话呢？"

安娜笑了，她无法对上他的眼睛。"不知道啊。可能是因为她比较漂亮？"

哈尔一时语塞。在他心目中，没人能比自己的妹妹更漂亮。只要她能用别人看她的眼光好好看看自己就知道了！但他赶紧把这些念头赶出脑海，他要集中精力解决自己和阿曼达之间的问题。尽管他心中已经开始有所疑惑：是否应该向别处看看，去找寻自己一心向往的真正的热情？

有时候作者是最后一个意识到这种问题的人。作者太容易在毫无必要的情况下造出一个恋人来了。我们把这种问题叫作"灼人的拥抱"，原因显而易见。这种情况理应避免，原因同样显而易见。以下情况也是一样：

蜉蝣般易逝的蛇蝎美人。如果有个新出场的角色被描写为"一个英俊而健壮的男人，头发乌黑，放肆地大笑"，或者是"一个灵巧的金发美人，穿了件紧身背心"，读者立马觉得这是个恋人角色或被人倾慕的对象。真实世界中满是魅力四射的人——面对现实吧——他们从不会看你第二眼，而角色所在的世界比较可爱，我们总是假定所有被角色注意到的魅力人士必然会跟角色发生点什么。

爱丽丝梦游人间。所有对于儿童过度的兴趣及肢体接触都将令警钟长鸣。如果你不想让读者觉得你是个恋童癖，父亲逗弄子女的情节就尽量少写，被什么叔叔伯伯逗弄就更不行了。如果角色与宗教组织有关，无论是个主教、牧师，还是和蔼的教堂看门人，如果他面对儿童时两眼放光，那么就算是从一幢着了火的建筑里把孩子救出来这样的情节也不行。

我们想要个再大点的柜子。男性朋友互相拥抱，为彼此的友谊干杯，到后来双双醉倒在小木屋内同一张床上一同睡去。读者先你一步懂了——他们是尚未出柜的同性恋，无论你往后再怎么解释，也无法扭转读者脑中的想法。如果你本意并非如此，还是让其中一人去睡沙发吧。

壁炉台上的红鲱鱼

红鲱鱼是指一条精心安排的假线索，作者通过巧妙的手段让读者持续关注某事，但其实角色正忙于另一事，这件事会在故事发展到作者安排的时机才展露出来，带给读者震惊且欣喜的感受。

像"壁炉台上的口香糖"这样无意中给出错误指示的情节有时候也能转变为红鲱鱼，从而为你所用，

而不是与你作对。如果你的小说因为情节寥寥而显得有些单薄（参见第25页的《一对一》），一条漂亮得体的红鲱鱼能为你的小说增加一些实质内容与纵深度。将各项事物串联起来，建立强烈的内在关联，借此将壁炉上的口香糖变为一条有血有肉的鱼。

红鲱鱼的经典例子便是侦探小说中看上去犯罪嫌疑最大的人（一脸假笑的暴脾气舞男，性格乖张的伯爵夫人），直到最后一幕，读者才发现真正的罪犯另有其人。同样久负盛名的鲱鱼是整整两百页女主人公都在和浅薄浪子谈情说爱，而这只是她的一厢情愿。

要确保你的红鲱鱼始终是故事不可或缺的一部分。当你耍花招的时候，一切进展必须表现得十分自然。因此，谋杀嫌犯必须得是小说所搭建的世界中的一部分——典型的身份有死者的恋人、近亲，和侦探或死者共事已久的同事。如果嫌犯只是个黑暗中不小心绊到余温尚存的尸体、倒下时又正好握住杀人凶器以致留下一串完美指印的倒霉路人，被这样的情节所误导，读者可无法获得同等乐趣。

另外，当你的鲱鱼不再具有目的性时，不要弃之不顾，留下一根让人摸不着头脑的松散线尾。当求爱不成时，我们想要看到此人的反应。女主人公也会惦记这回事。如果不去涉及这些点，该角色在读者心目中的真实感会因此受损。

第二章

复杂度与节奏感

22 分钟过后，他才意识到时间仿佛停住了

　　现在你的小说有了稳固的结构设定，正向着让人惊叹的爆炸性结尾奋勇前进。别怕！依然有的是时间像碾碎一只小虫子一样扑灭你的激动之情。请读一读下面这些关于"困在途中"的美妙传说。

情节架构基础：经纬密度

　　每部小说都有一个"最佳组合点"——由恰到好处的角色数量和事件数量组成——在这个点上，你的

情节架构才能达到富有真实感的复杂度，从而无须给页面标上不同的颜色来区分不同情节。我们没法说出你的小说的最佳组合点是什么样，但可以告诉你什么样的可能不是最佳组合点。

一对一

这种设定只有一条故事线，角色唯一能做的就是顺着这条线走。如果到了第50页仍然只有两人在演对手戏——第一章，相遇；第二章，初次约会；第三章，初次亲吻——该小说可能已陷入一对一的怪圈。即便设定是发生在曼哈顿小酒吧和时装店的轻松浪漫故事，也该有一些轻松浪漫之外的内容。小说只有两个角色，除了彼此，不与其他任何人发生明显关联。

这种设置带来很多问题，让小说看上去单调、冗长、乏味也就罢了，要命的是这看上去不像在描绘真实生活。尽管安娜贝尔正与罗纳德坠入爱河，但她还得去工作、应对家人，从高中以来她就对止痛片产生了依赖，她还得去弄药片。在一对一的情节设定中，主角的朋友和家人打来电话只为跟她好好谈谈罗纳德在晚宴上的表现。而现实中，他们打来电话只会为了好好说说自己的事。

自慰

跟自慰这种极端形式相比，一对一已经算不错

了。在这种情况下，单一角色独自生活，不与世界
上任何其他人发生任何有意义的互动。如果你的小
说在某一页只涉及一个角色，你或许已经进入自慰模
式。在这一类情节架构中你可以看到所有独自垂怜的
人在一幕又一幕的场景中想着自己凌乱的房间，松软
无力的躯体，周遭充满敌意的陌生人那扭曲的脸孔，
想着他们悲惨的童年，丢了的工作，还有他们自慰的
习惯。关于独自旅行或自我探索的故事极易采用这类情
节设置。

连续的—对—

　　有些作者无法忍受悬而不决的状态。主角一碰到
什么困难，爱管闲事的作者立马冲上前来予以解决。
如果主人公乔丢了工作，在他离开办公室的途中就会
接到姐姐打来的电话，收获一份好得多的工作；或者
他开心地记起还有一个之前被自己忽略了的工作邀
约。前一秒还吵着架的伴侣下一秒就和好，小毛小病
一治就起效，乔一眼就看到了丢失的钥匙。这些小说
似乎是照着一张待办事项清单写出来的，于是情节都
成了这样：

1. 为乔找到新工作
2. 为乔找到新女友
3. 为乔找到新袜子

4. 顿悟

值得被创造出来的问题也值得放上一阵，从而足以让读者为之心生牵挂。大多数问题都值得一直放到结尾处，所有悬念被巧妙地收到一处，在最后达到激动人心的高潮。

狂欢

在这种情况下，无数条故事线会令读者眼花缭乱。第一章介绍了一个隐藏了身份的纳粹分子，还有跟他下棋的犹太私家侦探；第二章介绍一名平凡的家庭主妇，她的丈夫背着他与纳粹分子偷情，此处揭露了丈夫的同性恋身份；第三章的视角出自海地一名流浪儿童，他要等到第 241 页才和其他角色碰面；第四章我们在家庭主妇对童年的回忆中了解到了一桩隐藏在梵蒂冈的谋杀案……

对了，我是名专业狙击手

未做铺垫

眼看着水位越涨越高，杰克意识到液压系统坏了，整个门厅都被水淹没，自己必须游过去才能救出辛西娅。情况看上去糟糕至极。幸好那几年在南

太平洋沿着沉船潜水采珠，他练就了单次屏气近
14 分钟的本事，胜过绝大多数西方人。

如果你的主人公准备依靠某些极为专业的技能来扭转乾
坤，最好在前文就提及这项技能，并将其安排为角色生活的
一部分。杰克可能会在平时规律地进行游泳锻炼，或者善于
在酒吧打赌赢取别人口袋里的零花钱，还可能与住在太平洋
中部波利尼西亚的养父母一直保持联系。所有这些场景都能
令他想起自己异于常人的屏气技能，甚至还能展示一番。当
被水淹没的门厅出现时，这些毫不相关的元素便由此汇集，
令读者产生满足的感觉。

不管你怎么写，如果你到了倒数第二章才向读者透露伐
木工人厄尔曾是半岛地区的交谊舞冠军，他凭借这一技能把
目中无人的卢布里希亚迷得神魂颠倒，而前文却半点没提到
过跳舞这回事，这样的安排可没法给读者带来彻底的震撼。
（进一步的讨论请参见第 31 页的《为什么说你的工作比上帝
的还难》）

玫瑰色的半满玻璃杯

情节安排泄露结局

杰克微笑着探了探不断上升的水位。出于对液

压系统近乎本能的了解，他知道只需在水下游上五分钟便能穿过门厅，这对他来说根本不在话下。辛西娅那儿没有什么真正的危险，真是太好了。

他像以往所学那般深深地吸气，让空气充满整个肺腔，然后一个猛子扎入水中。他轻轻松松游过整个门厅，到那头钻出水面时都没怎么喘气。辛西娅满脸笑容地站在那儿。一切与他料想的一样：完全没有什么可担心的。甚至连钥匙他都有，从这儿出去根本没问题。

"门锁住了，我们还得从这儿出去。"辛西娅说道。她眉头皱得整张脸都快看不清了。

他笑着从口袋里掏出钥匙。

"哎呀，太好了！"她说。两人向门口走去，轻而易举地打开门，一同安全离开。

现在我们不想为读者带来任何焦虑的感觉，是不是？不然会引发悬念，导致我们的书被清仓大甩卖，还会带来——上帝保佑不要啊——版税。

不要向你的读者保证一切都会安然无恙。有时候哪怕主角流露出一丝自信都会暗示读者大团圆结局必将出现。最好要让主角觉得几乎没有胜算——然而他依然下决心去尝试，即便要赌上自己的性命。与此相关的问题还有：

似曾相识

回报被贬值

　　杰克度过了有生以来最难熬的八个小时。他勉强扶起瘸了腿的辛西娅，要把她从这间危险的办公室救出去。杰克把她背到安全地带。本就受了伤的背不堪重负，在他痛苦呻吟之时，突然面前出现了一个人，正是已经叛变的人体工程学专家内法罗博士，他举着他那把军队配给的 68 式自动手枪站在他们面前。

　　"别慌，"杰克对自己说，"现在你只需要击中他的手腕。一旦他的枪掉下，你就趁机躲闪，把辛西娅安全地放到地上，然后用枪托把他砸晕。"

　　"要往哪儿去吗？"内法罗狞笑着，色眯眯地瞟了一眼辛西娅。

　　"对，我们回家去，然后结婚。"杰克轻松地说道。

　　"我可不懂你都死了要怎么回家结婚去！"

　　杰克一跃而起，发起进攻。他猛击内法罗的手腕，手枪随即掉落。杰克又一躲闪，把辛西娅安全地放到地上。他抓起枪，往内法罗头上猛砸，砸得他跪倒在地。很快内法罗便四仰八叉瘫在地上没了知觉。

　　"在那儿好好学学怎么设计出压迫你下腰椎的椅子来吧！"获胜了的杰克大声喊道。

不要在事情发生之前就让读者知道会发生什么，这主意准没错。如果角色在实施一项计划之前已经盘算好了行动细节，到时候必然会有愚蠢的错误或始料未及的状况出现，让计划出岔子。例如，内法罗可以说自己在刚刚装船的游乐场设备中藏了颗炸弹，而解除炸弹的密码只有他知道。或者击中他的手腕会触发皮下装置，从而启动装在辛西娅身上的某种程序。或者内法罗被当场击毙，杰克无比震惊地发现内法罗先前是跟站在他身后的某人说话——不是别人，正是一手操控犯罪行为的真正幕后主谋——还带着键盘。[①]

有了计划，事情便不能照计划发展，不然计划就破坏了故事，行动变得无聊且全在预料之中，让读者没了读完此书的兴致。

为什么说你的工作比上帝的还难

"可那是发生在我朋友身上的真事！"

无论现实中某些事看上去有多么不可能——威廉·莎士比亚和米格尔·德·塞万提斯在 1616 年的同一天去世[①]，或者有人被雷电击中五次——只要确有其事，我们毫不怀疑其发生的可能性。正是我们容

---

① 关于两位文学巨匠的去世时间有不同说法，但可以肯定的是，两人都是于 1616 年辞世。——编者注

易上当受骗的特点，使我们想要寻求一个更可靠的世界。所以说，上帝可以设下最离奇的巧合，最不可理喻的情节和古怪的讽刺戏码，而从不用考虑观众信或不信。这种奢侈你享受不到。

当作者写出一个不大可能发生的事件时，读者信还是不信，取决于在作者所搭建的世界中该事件是否与周围的每样事物都息息相关，从而令读者感到这件事是顺其自然发生的。好运不会无缘无故降临，发现装满现金的公文包，是因为从之前一连串事件中可得知公文包可能就在酒店衣柜里。角色眼中的绝世好运在读者看来应该是必然的。我们要明白，角色的行为出自其本性，而不能因为作者觉得怎么安排最方便，就让角色做出有悖其定位的行为。

天降好运和惊人的巧合可以写，前提是你的小说讲的就是这个。角色发现一只装满现金的行李包，从而奇迹般地解决了自己的问题，和角色的问题是因发现该行李包而起，这两种情节安排会给读者带来截然不同的感受。

所以在一部优秀的小说中，作者努力在事件发生的可能性与偶然性之间取得平衡：一件事发生的可能性有多低，就应该令其伏笔在之前的章节内容里扎多深、布多宽。最重要的是，作者不该仅凭"这是发生在我认识的人身上的真事！"就认为某件事在其小说中真实可信。

芝诺的手稿

无关的细节削弱叙事动力

"就在这等一会儿,你这个花花公子,我去换件舒服点儿的衣服就回来。"卢布里希亚保证道。她走进浴室,锁上了门。接着她脱下朴素的鞋子,将它们并列摆放在浴缸旁。然后脱牛仔裤,脱到臀部时有点紧,她低声咒骂了两句。她停下来,在镜前检查自己的妆容。眼睛下方有一抹睫毛膏印,她用湿巾拭去了。她去衣篮那儿翻找前些天留下的那件性感睡衣。她扯出一件汗衫、两条裤子、几双旧袜子……

不管角色在做什么,事无巨细地描写其每一项毫无意义的行为足以毁掉任何一个场景。就如芝诺悖论中那只箭,它每次都需要走完剩余路程的一半,因而永远无法抵达终点,读者开始觉得离大结局越来越远。

还有一些特殊情况:

在去往故事场景的路上

常见的(可以说泛滥了的)画面是角色在交通工具上,他们正赶往某一地点,而有趣的事最终会在那儿发生。这种设置给读者的感受就好比有人外出办事时口袋里的电话不小心误拨了你的语音信箱号码，想想你听过后的心情。

卧床的场景

任何描述角色在床上醒来或入睡的场景都很有可能归入这一类别，除非床上又多出了个新角色。

未发生的情节

无关的情节削弱了叙事动力

等卢布里西亚从浴室里出来，再顺势与她缠绵一番，这似乎是更自然而然的事。至少他也该解释一下离开的原因，哪怕留张便条也好。然而因为自身在性方面存在问题，再加上没耐心写下一长串毫无意义的行为描述，他只好没说一句再见就走了。他正路过电话亭，还有机会打个电话给她。不要，那儿看上去太脏了。换一个？前面那个怎么样？但是说真的，他极其讨厌使用电话亭这种一个劲儿地吞噬你的零钱却打不通电话的没用东西。再说他还带着手机呢。

该打个电话吗？要是她还在浴室一颗一颗地刷她的牙怎么办？不要了，还是……

有时候作者忙着为角色本该做但未做的所有事解释原因，从而陷入困境。采取这种方法显然很冒险，因为你需要呈现所有可能的人为行动，在一本小说里花上好几百页，只为让乔早上起个床。通常这时就得挥舞工具剪枝裁叶，从而将重点集中在角色真正在做的事上。

良性肿瘤

这是明显有意义去展开的情节吗？不是

坎迪达不禁将眼下自己的状况视作福祸参半。首先，诊断结果出来后，她的男朋友露出了真面目。

还有，要不是来看病，她必然不会遇到艾尔毕肯医生。如今面临的问题是要不要按照他的意愿冒险进行试验性治疗流程。她伸手去包里掏烟，却摸出一本宣传册来，这是等待室那位可爱的姑娘交给她的，名叫《适合你的自然疗法》。

也许是该认真考虑一下了。

坎迪达走到自己桌边，打开电脑，很快探索起一个全新世界。

（在接下来的 50 页，坎迪达考虑了非常规治疗方法，有好几个实施非正统疗法的人向她做出推荐，她和这些人一一见了面。)

　　回到家后，她又看了一眼桌上的宣传册，然后才把它扔进垃圾桶。"不行，"她伤感地摇摇头，"自然疗法不适合我。"

良性肿瘤指的是小说中可以干脆利落地删去且对邻近内容毫无不利影响的某一场景、章节乃至一部分。跟众多其他事物一样，非正统疗法领域的内容也许具有某种趣味性，值得在小说中进行一番探究，但如果其存在对主角和故事均无任何影响，那么最终会让读者迷惑不解。如果说含有这类场景的初稿是一片自然栖息地，那么修改稿将轻易呈现一派捕猎的盛况。你想打掉多少就打多少，无须节制。

在你提出反对意见之前——别了，连保存下来的必要都没有，即便其中有着"我写得最棒的部分"。这种段落就好比婴儿照片：父母对此无限痴迷，朋友亲人稍稍关注，除此之外没有任何人会有任何兴趣。

睡魔先生，我再三考虑过了，给我把枪

角色开始做梦

　　那晚，拉尔大做了几年来最为怪异的一个梦。

梦中，他和妻子米西身处法庭，法官是莱昂纳德·科恩①。拉夫环顾四周，陪审团所有成员也都是莱昂纳德·科恩。

"你要如何辩解？"法官科恩朝拉尔夫冷笑着问道。

"我辩解我不是鱿鱼。"拉尔夫如此回答——对他而言，这在当时像是个完全理智的回答。

听闻此言，所有的莱昂纳德·科恩都长出长触角，触角一时全向米西伸去。科恩们的触角将她整个人缠绕起来，但她似乎并不厌恶这样的接触，反倒有点乐在其中。

最后，拉尔夫大喊"墨汁！墨汁！"又发现自己能够从眼中喷出麻痹性墨汁。然而只有信任自己时他才能发挥此能力，米西对所受暴行毫不在乎的态度又让他十分惊讶。他试着往前走，但两只脚仿佛有千斤重……此时，场景又切换到殖民时期的拉丁美洲。莱昂纳德·科恩不见了，拉尔夫的身边是一名吉卜赛女郎，尽管她看起来跟米西一点也不像，但他内心深知这就是米西……他也知道与她结婚是个错误。在这个梦中再没发生其他故事，但稍

---

① 莱昂纳德·科恩（Leonard Cohen，1934—2016）：加拿大传奇民谣歌手、诗人。——译者注

后他又做了个梦，在里面……

在二十世纪早期，市面上的小说刚刚经过弗洛伊德主义浪潮的洗礼。在那时，没有哪个有头有脸的小说家在其呈现给世人的作品中会不带上象征主义色彩，戏剧化地表现笔下角色潜意识中的恐惧和欲望也成为一时潮流，其中通常也伴随着角色梦境的描写，作者往往还会用上一种叫作"意识流斜体"的字体来展现。

随着科学的不断进步，人们认识到阅读一页又一页关于角色用愤怒之砖堆砌墙面的梦境描述并没有多大意思，就跟听一个陌生人讲述他的真实梦境一般无聊。

好办法是一部小说只留一个梦境，等到最终修订时回头也把它删了。

自助洗衣店内的第二次争吵

同一场景用两次

"真不敢相信我们结婚才两周，你就做出这种事来！"辛西娅大吼道，"在你家的液压系统企业里你有那么好的前途，居然连说都没跟我说一声，就辞了工作去干人体工程？"

"这是我的人生，不是你的！这是我的事业！"

他不禁大怒。

辛西娅哭了起来："你向我承诺过的事还算数吗？说什么我们彼此之间毫无保留，我们是好搭档？现在你每天晚上都在外头，跟人体工学那帮新同事一起参加派对，把我撇在这自助洗衣房里给你洗衣服！你好像觉得我很丢脸，也不尊重我的想法。"

"我早跟你说过了，等我还清了学生贷款就买个烘洗一体机。"

"你觉得这就是问题所在吗，杰克？你就是这么为自己辩解的？"辛西娅说道，她转身离他而去。

（十页后。之前插入了一段杰克新工作中办公室斗争的场景，而这晚他又跟人体工学的同事出去喝酒了。）

"喂，宝贝儿！那些家伙真是疯了！我来跟你讲讲。"杰克边说边走进自助洗衣店，时间已晚。

辛西娅没理他，自顾自地叠着衣服。

"唉，"杰克叹了口气，"又怎么啦？"

"没什么。不过你本该告诉我你今天下班会很晚，甚至可以邀请我去见见你那群很酷的新同事。"

"又是买洗衣机的事，对吗？你是知道我现在为什么缺钱的。"

"唉，杰克啊。"辛西娅说着便哭了起来。

永远不要用两个场景来说明一件事。在任何情况下都不需要用一系列的场景来表现主角参加面试又没能得到工作的情节，或者用一连串约会失败的场面来展示主角在恋爱方面的坏运气。电影中可以这么表现，三个场景在三十秒内放完即可，但小说就不行了。除非出现了新的角色或情节元素，否则一个场景就够了。与此相关的问题如下：

昨晚我们在自助洗衣店吵架的时候

角色们进行了一番长谈，向对方详尽描述他们在上一场景中所做的一切事情。即便他们说的是在上一场景中成功打死了准备破坏核电站的哥斯拉，眼前这个也不能算作全新的场景，而只能是同一个，不过是换了个叙事角度而已。

让我们去自助洗衣店聊这事吧

角色们先是在家里聊了起来，然后去自助洗衣店继续聊同一件事。即便在洗衣店的聊天内容包含了一些新的信息，这两个场景本质上还是同一个。

哦，还有？

过多的回忆令故事停滞不前

看到等在转角处的安妮，乔立马回想起他们第一次见面时的场景。那时她十八岁，遛着一条贵宾犬在镇子里迷了路，而他就是载了她一程的那个好心人。

她看到了他，朝他挥着手。他把车停到路边。她身上的绿色棉质连衣裙，正是两人去加勒比时她穿着的那件。他永远都忘不了那趟旅行。头几天的天气简直完美，后来却像天上裂了个口子般糟糕。但他们却玩了个尽兴！

"你好，安妮。"他对着上了福特车的安妮说道，"今天过得怎么样？"

"我不知道。"她耸了耸肩，咧嘴笑了。这就是安妮。乔记得安妮的母亲也同样如此。在遇见安妮之前，乔就认识她母亲了。那是 1963 年，当时他才八岁……

每样东西都让处于当前叙事视角的角色想起什么来，就像准备出门时，有个同行者三番两次想起有什么东西落在家里了。一会儿忘了带这个，一会儿还要拿上那个。接二连三的刹车让故事情节根本没机会发展下去。

软壁囚室

二十世纪后期有两个重要的事件永远改变了作家的命运。首先是苏联解体，这一事件几乎令惊悚小说写作团体难以存活，同时也对军事工业复合体存在的合理性构成威胁。幸运的是，像五角大楼那样的事件令惊悚小说作者很快便发掘出，或者说塑造出了新的大坏蛋。

第二件事就比较难对付了。手机出现后，那些以一字一美分的价钱匆匆炮制出低俗小说的作者所赖以生存的大量情境瞬间都丧失了用武之地。

在布鲁克林废弃地带的仓库中与杀手对峙？别废话！打 911！

在阿巴拉契亚山区的棚屋里被怪兽逼到角落？拜托，你手机用了哪家的网络？

即便危机发生在喜马拉雅山上，现在的读者也会冒出"什么，那儿收不到手机信号？"的念头。但这种念头很合理，现实就是这么残酷。

在九十年代早期和中期，作者们用以反击的原始手段是让手机被遗忘，让电池一会儿掉这，一会儿掉那，但随着时间的推移，读者和作者都愈加老练，手机也变得更为先进复杂。以下是几类开场情境。

遗忘手机

在核武器军备竞赛中，这种设置就好比一根尖头棒。不过尖头棒也不是毫无用处，遗忘有时候也是合理的——比如角色被火灾或洪水惊醒，在凌晨四点半睡半醒地跳下床冲了出去。对于这种情况，用更复杂的开场进行过多解释会导致可信度降低。关键是要表现角色在需要用到手机之前早已飞速逃离了房屋。

丢失手机

你的角色被倒吊在直升机上晃来晃去了吗？如果角色至多是搭了辆穿城公交去上班就丢了手机，读者可能会不想读下去。

手机被反派摧毁

这种行动显然是由反派发起，因此任务也不轻，与久负盛名的"吉姆！他们把电话线切断了！"类似。不过要注意，这根电话线在被切断时不可能好好地装在英雄的裤子口袋里，所以手机版本的"切断电话线"需要涉及更多技术问题。

手机被鲨鱼吞了

如果鲨鱼是角色的对手，那么这大概是个手段高明的对手了。鲨鱼随意地在场景中出没，注意了，这跟"我的作业被鲨鱼给吃了"多么相似。把鲨鱼换成什么熊、僵尸、邪神克苏鲁都同样适用，它们都爱吃电子产品。

信号失灵或电池失效

作者写起来越方便，其小说获得成功的可能性也越小。

被附体的恶魔、青少年黑客或 HAL[①] 那般的人工智能篡夺技术

用在类型合适的小说中效果很棒，否则不推荐用。

角色的怪癖

因为信奉手机有致癌或窃听风险的古怪学说而拒绝使用手机，这样的角色确实可以有，但该角色最好跟与此学说利益相关的企业（防辐射、药品售卖）有密切关系。别让小说中的好莱坞经纪人轻松愉快地宣告自己无法忍受使用手机。

将小说的背景设在过去

理想的选择。注意，如果故事发生在二十世纪初期，你要趁早让角色使用那个时代的电话机（"接线员！给我接巴特菲尔德八号！"他对着电话说道，原始的大机器把他的脑袋都衬托得小多了）。你要向年轻读者好好地描述清楚，他们可能还稀里糊涂地以为手机是伽利略发明的。

---

① HAL：科幻电影《2001：太空漫游》中的人工智能角色。——译者注

第三章

结　尾

从此以后耶稣过上了幸福的生活。

　　要是你已经为写砸小说用尽全力，然而你的故事还是从激动人心的设定开始，通过一系列意图明确、令人惊叹的场景积攒了叙事动力，那怎么办？别担心 —— 你还能凭借令人难以置信、与故事毫不相关的结尾来把编辑赶跑。以下便是我们最爱的结尾。

但流星能落到那儿，对吧？

作者骗人

历经一切后走到了这一步。

短短十三周之前，拉斐尔还是个符号学副教授，只想着在自己的专业领域发表足够多的论文，获得终身教职，然后开始考虑退休的事。

后来他遇到了法弗尼亚，这个漂亮的异国陌生女人宣称自己掌握了一项证据，能够证明有个秘密社团守着一个与符号学有关的秘密长达两千年之久。为了追寻秘密，他们穿越了三个大陆，经历无数令人窒息的关口，经受多次危及生命的考验，在此过程中两人也不断重新认识对方，并坠入爱河，尽管他们之间还未有实质性发展。

然而现在，他们被逼到了悬崖边缘，四周再无逃生之路。夺人性命的东西步步逼近，两人这下是无法逃脱了。好在还有最后一点时间来让他们聊聊眼下这绝望的境地，并互相吻别。

突然间，他们听到头顶传来直升机"唰唰唰"的响声。

"看！"法弗尼亚指着上方说道。

直升机放下绳梯，他们赶紧攀爬上去，终于在最后关头摆脱了那东西的致命威胁。到了客舱后，两人惊讶地盯着眼前富有的实业家。那人抬着一边眉毛，正打量着两人。

"所有这些麻烦就是你们两个搞出来的，嗯？"

"你是谁？"拉斐尔讶异于他衣着的华贵程度。

"我是巴林顿·休考特，世界首富。我觉得这事到这儿已经够了。你们俩坐下吧，一会儿我送你们回去。"

结尾是不可思议之事的最后避难所，也就是在结尾处要把所有令人难以置信的情节高潮拉回到可信的程度。

读者怀有一种期待，他们希望主人公能自己解决问题，否则会感到失望。进一步说，如果引入一个之前从未提到过的角色来把问题解决了，作者的这种做法无异于突然改变自己构建的虚拟世界的规则。好比你正玩着某种游戏，有人突然单方面修改了游戏规则，你觉得有趣吗？又好比作者突然宣称："啊，我刚发现我这情节不行，我准备往原有的情节上加点别的，好吗？"

好！那我们就准备往垃圾桶里加点什么了。

这种错误的特有名称是deus ex machina①，这句法语可以理解为"你在跟我开啥玩笑"。

---

① 法语，意为戏剧中扭转乾坤的力量、天外救星。——译者注

"至尊魔戒统领众戒！"老牛仔说道

中途转换小说类型

夏日的最后一天

两支烟，三朵大波斯菊，无酒精饮料1750卡路里

亲爱的日记：

好吧，这个夏天我似乎卷入了浪漫风暴的漩涡中。哈！但愿如此！你知道这个夏天我大部分时间都在尝试接近佩尔西·马尔伯勒（叹息！），就是那天我偷偷溜进乡村俱乐部玩耍时遇到的年轻帅气实业家。你知道，比利是我从大学时代起最好的朋友，他婚姻生活并不愉快，于是只好寄情于动物和孩子，这样一来我还敢对感情认真吗？

如果回过头去读一读，你会发现我已经写了300页的日记——好一个愚蠢的话痨——有的关于对佩尔西的思恋和对自己体重的担忧；有的关于去出版社上班，我的这个工作还算体面；还有的关于购物、购物、购物，然后回家边吃 Ben & Jerry's 冰激凌边看电视——还对着电视说话！

好了，我得走了。比利准备过来，他说有些重要的事要告诉我。

第二天

亲爱的日记：

你肯定不敢相信！比利的妻子不知怎的死了！他居然说他爱我！我觉得现在他在我眼中完全变了！

这次我得少写些了，比利在乡下租了个漂亮的小屋，我们要一起去那儿过周末。什么都有可能发生！我买了些性感内衣以备不时之需。嘿嘿！

一周后

天啊天啊天啊！他不是人类！

如果有谁看到这些字，我求你赶紧报警！告诉警察，我们的城市已经满是半昆虫半蜥蜴的怪物，它们混迹在我们中间，难以被人察觉，以我们的情感为食物。在这个古老又怪异的种族眼中，人类的一切努力和奋斗不过就是猴子的杂耍。困在这阴暗潮湿的地下室里，我在未完工的墙面上不停地刨啊刨，用指尖流下的鲜血写下了这些话。告诉警察，告诉媒体，让大家快逃。我已经没救了，但是……

天啊天啊天啊他好像回来了。天啊天啊天啊……

老一套的规则已被抛到九霄云外，现在的作者常常在小说原有类型的基础上大肆混入各种元素。超自然浪漫、黑色科幻、华尔街的吸血鬼、神秘符号中的爱情，如此种种，不一而足。这一新兴领域土壤肥沃，我们也鼓励大家去尽情开垦。然而，如果你打算在小说中融入异世界、幻想或科幻的元素，最好不要等到最后二十页才表现出来。

真相在小说结尾处揭露，读者回头一想，顿时恍然大悟，所有情节被重新定义——啊，原来一直是那位叔叔在讲故事！——这主意不错，但你不要在用现实的笔法写了300页寻常场景之后，突然告知读者，第二章里被主人公从火堆救出来的那只好斗小狗其实来自外星球，身怀神力，会读心术，就等着在恰当的时机一展其超能力，从而扭转乾坤。

这种结尾是 deus ex machina 中一个特殊例子，从法语翻译过来就是"你在跟我开啥玩笑"。

能产生出人意料的结局的世界，必须有发生令人震惊之事的可能性。不必在第三章安插一个幽灵，以便到第十二章时让幽灵现身，但在之前的情节里必须要么发生过诡异之事，要么谈论过幽灵，或者营造出一种可能有幽灵出现的氛围。

偷内裤的小精灵

省略了关键步骤

辛西娅冷冷地俯视他:"不,杰克,你那人体工学液压系统的点子在美国行不通,在我这儿也行不通!"

说着她便甩门而去。短短一天内,杰克失去了一切。他不再与怀有危险念头的内法罗争斗,为取得父亲的同意所做的努力也已付之东流,最后他连自己的新娘都没了!他知道一定有办法让一切重回正轨,但究竟该怎么做?

第二十五章

杰克几乎不敢相信,自己竟然回来了——回到了比尔吉液压系统公司的行政办公室中。他看到桌子对面自己美丽的妻子辛西娅周身洋溢着幸福知足的氛围,他确信自己没看错。

"来段祝酒词!"杰克的父亲史蒂夫·"司泵员"·比尔吉骄傲地展示着身上比尔吉的家族徽章,家族中的男性成员一般到了青春期就会佩戴上。

"洗耳恭听!"杰克的人体工程学理论指导内法罗教授说道。

杰克谦逊地举起酒杯。

"多年来，我一直致力于将祖传的液压系统技术与人体工程学融合到一起，同时尽力让辛西娅和父亲理解我必须这么做的原因。让我几乎无法相信的是，不知怎的一切竟然进展得如此顺利。"

所有人都停了下来，回想起将众人从四面八方带到此处的一系列复杂情境。

"但问题解决了，杰克！"辛西娅向他举杯，"一切多亏了你！"

《南方公园》早期有一集讲的是人们因丢失内裤而发现了内裤精灵的存在。内裤精灵向男孩们展示了自己尚不成熟的商业计划：

1. 收集内裤

2. ？？？

3. 盈利！

有时候作者知道自己想要在何处结尾，但不知道怎样用合理的方式从问题跳转到答案。于是，作者干脆坚定宣称"此乃问题！"后面跟着几句含糊其词的解释，诸如"经过几番长谈之后，事情便成了这样"，"几回激烈的协商之后，所有问题在不知不觉间解决了"，最糟糕的是"不知为何约翰像是彻底变了一个人"。如果不知约翰为何变了个人，我们又没有目睹这种转变，那么编辑也会考虑将你的小说变为另一种东西。

好在你已经写了四分之三。回到你开始犯错的地方重新写，避开原计划的结尾方式。

再见了，无情的读者！

轻松除去棘手角色

内法罗意识到如今是没有希望了。他辛勤工作，一路爬到了液体输送公司上坡副总的位置。努力并非没有回报。他热爱手握权力的感觉、光鲜的外表，还有奢侈品——他离了奢侈品活不下去。但一直以来他都紧盯着那个更大的战利品——液体输送公司下坡副总的位置。对，那才是他的目标，只有得到这个位置，他才能顺顺利利平步青云。但他不行，这把交椅只属于比尔吉液压系统的杰克·比尔吉。现在，内法罗成了这场大合并中唯一一块拦路石。他不过就是个障碍物。他感觉自己像是粘在别人香膏中的一只苍蝇。内法罗颤抖不已的手扣上68式手枪的扳机，将枪口抵着太阳穴。他心中突然燃起一丝希望——还会有出路吗？没有！事已至此，无路可走。该死的合并！扣动扳机的瞬间，他希望自己所有的过错能在另一世界中得到弥补。

这里最大的过错就是糟糕的情节设置。作者设下棘手的困境，眼看着主人公已无法摆脱，便决定管他拦路虎是谁，干脆杀掉。本质上作者是把该由主人公来做的脏事给做了，让一身清白的主人公潇洒离去。然而在这种情况下，不仅是反面人物自断了生路，出书协议也因此一命呜呼。

还有让惹麻烦的妻子、专业的竞争对手或任何其他角色自杀（或遭遇离奇事故等等），只要让人怀疑作者可能是为了自己写起来方便才安排这些角色消失，如此安排就不可取。你一旦这么做，读者立马就能嗅出犯规的意味。如果有必要让一个角色轻易消失，至少要提前做一些背景铺设（角色有自杀倾向、心脏问题等）。

程度稍轻一些的错误做法包括让场景突然转换到位于东京的办公室之类，这也需要预先有所铺垫。

从谜一般的视角看灵魂阴谋之谜

背景故事喧宾夺主

"你瞧，酒店大厅服务生个个都上了特派员的床。"赫尔·施洛克解释道，69 式步枪的枪管始终指向玛丽的脸庞。"特派员的真名叫约瑟夫·门格

勒——耳熟吗？柏林墙倒塌之后他逃去巴拉圭，通
过整容手术彻底改头换面，成了约瑟芬·乌门格
勒，开始了新生活。她当过一阵子高级妓女，为华
盛顿最上层的人服务，哪会一心只顾引诱你那傻
乎乎的男朋友布鲁斯。她所做的一切都出于一个早
被人忘了的保险计划：一旦杜卡斯基当选总统，就
将其刺杀。布鲁斯无意中在洗衣店用了特定组合的
那几枚硬币之后，计划因此被激活，布鲁斯也引起
了门格勒的注意，所以他也一样躺到了特派员的床
上，不过方式比较特别。"

　　在施洛克带有德国口音的哈哈大笑声中，玛丽
努力去吸收这一大堆迎面而来的新讯息。施洛克又说
道："当然了，要吸收这么多信息对你来说会有些困
难，毕竟我们的加拿大敌人删除了你的记忆，虽说他
们也只成功了一半——不过在前去轰炸温尼伯的潜水
艇上，我可以把事情的来龙去脉解释给你听。"

　　"疯了吧！"玛丽抗议道，"要知道到现在为止
我们手中唯一的线索不过就是条冻羊腿啊！"

　　有些小说的结尾会用上长长一段来解开谜题，解释得比
小说本身还要复杂，细节更加详尽。这种问题主要出现在惊
悚小说中，但某些浪漫言情小说竟也会对主人公的冷酷行径

用跨越数个年代、历经三场战争的子情节加以解释。

　　这种解释要尽量简单，否则效果非但不让人惊叹，反而叫人一头雾水。解释也要趁早，随着情节的推进尝试将谜题一点一点解开。

　　或者，干脆考虑用一整部小说来解释吧。

再加上 20% 的说教！

已经用 300 页告诉了我们的事，作者又说了一遍

　　一切结束了，杰克沉思着。他站在残破不堪且冒着烟的人体工学液压系统大厦顶部，看着下方曾经繁华的大都市。他远远地看到下面的瓦砾堆里有些动静。整个城市的孩子们从地下室和防空洞里爬了出来，从保护他们免受致命打击的冷藏库和银行金库中走了出来，眨巴着眼睛走入了阳光中。

　　是我不对，杰克想道，没有政府法规的充分指引，人们没法将人类工程学和液压系统结合起来，眼前就是盲目实施这种结合的后果。但他也从中吸取了教训，看吧，看看这些孩子们，他们所展现的正是人类不屈不挠的精神。

　　他出力向天空挥拳，心想：是老天你阻止了这场终极灭顶之灾的发生，但是——他指向下方，城市中的孩子们正四处玩着追捕、双绳跳、踢猫的游戏——正是这种精神会让我们存活下来，促使我们重建家园，将房屋建得更大更好，还要在人机工程和液压领域不断探索新的理念！

他倚靠着一根倒塌的主梁，盯着那抹斜阳。

是的，人类不会放弃，永远不会。自从第一个人类屹立在非洲平原上沐浴着炽热阳光的那刻起，他就一路前行，无论直立行走会带来何种姿势上的问题，人类都会直面问题，努力去解决，并且总有一天将其克服。

起初他可能耻于身为比尔吉液压系统的一员，但他现在为自己的身份感到骄傲——为自己身为比尔吉家一分子，为自己是父亲的儿子，但最重要的是，他为自己是人类的一员而骄傲。不管遭遇何种变故，人类总是……

有时候作者不在前言中展示其哲学观点，转而在结尾处用一段长独白来加以解释，而这些观点作者早已用一整部小说来表明。我们都明白没必要再多加阐述，毕竟我们已经一路读到这儿了。

好在这样的最终章基本上总是跟整个故事没有关联，直接删除就行了。

第二部分

角　色

"别人怎么会讨厌我？"托尼奥迷惑不解道，"我健壮、富有，拥有迪伦的每张唱片，还是黑胶的呢。"

在使出浑身解数蓄意破坏情节之后，你可能觉得自己的小说吸引力尚存。接下来就该把赌注压在往小说中塞入无聊、不可理喻、招人嫌的角色上面了。让我们看看"未出版小说之城"的居民都有哪些。

许多最重要的居民毫无任何特点。他们的故事中没有做着无聊活计拿着最低薪水的员工。主人公的形象浅薄到像是用荧光笔画了脸的一只袜子。如果情节不需要涉及工作场合，就没一个角色会需要去上班。如果主题不是爱情故事，角色们的世界中便满是独身者。角色的年龄需要你去猜，他们所处的社会阶层和族群信息一片空白，通常假定为"和正常人一样"。作者给我们讲述的故事，是主人公在大洋底部与一名魅力四射的女生物学家谈情说爱时发现了一个间谍网络的存在——但我们感觉主角依然是只袜子玩偶，这是个袜子玩偶在袜子玩偶组成的大洋底部发现了袜子玩偶间谍网络的故事。

其他角色则被赋予大量的个性，通通都是糟糕的那种。他们抱怨自己的伴侣，忽视家中的孩子，花上好几页来谋划一场报复，就因为很久以前遭遇了一回微不足道的怠慢。或者他们骑着定制的哈雷摩托，对欧洲各国的首都如数家珍，自己却没有任何经济来源。在最糟糕的场景中，角色的设定是一名崭露头角的女演员，名叫瑞恩·韦斯特，她最好的朋友叫傲尾·咪咪·韦斯特，一只对她来说特别重要的猫。

坏家伙们杀人、折磨人，实施暴行时表现出一种莫名其妙的施虐快感。"你难受我就开心！"反派面对濒死的婴儿欣喜若狂；同时再看看诺克斯酒吧的情况，丰满迷人的舞女拉维希·瑞弗斯显然只有两个与她相关的特点引起了作者注意，一是她发现自己无法抗拒地被德克·图尔深深吸引，二是这位德克·图尔白天是个无聊的软件程序员，晚上是个闲逛进了诺克斯酒吧的无聊的软件程序员。

有好多种久经尝试且真实有效的方法可以创造出无趣、

无人情味、无生气的角色。我们不敢说所有的方法都已罗列在此，但以下所述的任何一种方法都应当足以将你小说中所有男人、女人和儿童等角色的趣味性彻底扼杀。

第四章

角色要素

乔的个性非常有意思

摆在作者面前的任务中，较为轻松的一个是描述出"乔的模样"。对某个没出成书的作者来说，就连这种描述也让他感到困难重重，于是他让各个章节充斥着平淡无奇的描述词句。利用以下这些技巧，你一样可以掌握言之无物的禅道。

 ## 普通身高的男人

用通用术语描述角色

有时候你需要将角色描述写得好比警方报告：

> 乔是个中等个子的男人，棕发棕眼。
>
> 艾伦是个高个子，穿着一件白衬衫，一条蓝牛仔裤。
>
> 梅林达身材曼妙，容貌漂亮。

这样一来，你的角色就像幅简笔画。没人会用"中等个子的棕发男人"来描述自己。读者感觉这就是份警方报告，上面写着"霍勒斯是个男人，长了两条腿、两条胳膊、一个脑袋"。

最近我们不止一次看到这种错误：为了反抗小说中泛滥描写"大胸"女孩，作者将女主角写成拥有"中等大小的胸部"，这等同于说"她长了胸"。

关于角色，如果你想告诉我们什么，不要说些读者根据人类这个物种及其性别就能推测出来的东西。宁可剑走偏锋，也不要平平淡淡。小说很少会因为角色写得太好而被拒。你要尝试着力于角色的特别之处，如果角色实在没有什么特别之处，用角色特有的方式描述这些特点，以此彰显角色的个性。（"玛丽安娜厌恶自己毫无任何出众的个性。"）

我是什么肤色？

角色必须站到镜子前才知道自己长什么样

> 梅林达停下来照着镜子细细看自己。一个身材

曼妙、容貌漂亮的女孩，有着中等大小的胸部，穿
一件系带背心，傲然站立在镜中。她兴高采烈地甩
甩一头肉桂色长直发，心想乔要是放她走了，一准
会发疯。

读者的确想要知道角色长什么样，但作者要怎样从角色
的角度将其身高、体重、肤色悉数展示呢？很简单！把角色
架到镜子前去！

很不幸，这明显是烂小说的常用写法，就像"在镜中，
乔看到一个高个子的棕发男人，正为一本烂小说苦恼不已"。

人们在照镜子的时候不会注意到自己的发色和胸部尺
寸，只会注意到不服帖的头发、扣错的衬衫扣子和花了的口
红。人们不会留意日常之物，只会看到不同以往的东西。至
于读者，某种程度上他们会不愿意去照镜子。

要让角色想到自己的外貌并不困难，周围到处都是提醒
物。与任何一名异性的会面都能合情合理地令角色对自己的
外貌做一番详尽的考量。借助镜子无非是舍近求远，被你拽
到镜子前的角色对自己长什么样清楚得很。他可以舒舒服服
地坐在沙发上就把这种信息轻松传达给读者。

相关问题还有：

柯达时刻

角色需要通过照片才能知道另一位角色长什么样

　　经过镜子时，乔注意到了自己的一头金发和方下巴，女孩们常常为此着迷。他又看到镜子角落夹着一张梅林达的照片。一头肉桂色长直发，还有中等大小但形状完美的胸部，将她漂亮的脸蛋映衬得更加迷人。

　　如上所述，大多数人每小时都会考虑一下自己外貌的问题——带着烦恼、自负，以及上健身馆的决心。类似的，人们每想起别的什么人，总要考量一番那人的外貌，此时可没有任何视觉辅助工具。大多数情况下，利用角色出场时的场景就足以顺利过渡到对其外貌描写中去了，没必要通过其他角色的视角去回想。角色看得到自己长什么样。

　　如果你觉得自然过渡到外貌描写有些困难，可以想想真实生活中让人想起别人外貌的时间场合，再应用到自己的小说中。比如说，角色饱含思慕之情想象着男友的模样，因为担心母亲的健康而想起她的样子，因为厌恶而想起老板的那副嘴脸。

调到娱乐台！调过去！

以名人为标尺

马克年轻的时候，人们说他长得像乔治·克鲁尼。

她长得雍容华贵，就像一位三十来岁风华正茂的女演员，就像塔卢拉赫·班克黑德。

梅林达像是更黑一点儿的哈莉·贝瑞。

这么做常常会出岔子，因为当你把乔治·克鲁尼的形象植入读者脑中，即使你只是把某个角色往上面套，先入为主的印象已牢牢扎根，读者脑中除了乔治·克鲁尼再无他人。更糟糕的是玩起"朱莉娅·罗伯茨加减游戏"（矮一点的朱莉娅·罗伯茨，丑一点的朱莉娅·罗伯茨，亚裔版朱莉娅·罗伯茨），这样一来，每当想起角色时，读者就在脑中做起算术题来。

你的角色可以长得像朱莉娅·罗伯茨，当你描述时，可以照着朱莉娅·罗伯茨的模样来写，但不要直接调用她的形象，重要的是绝对不要提到朱莉娅·罗伯次的名字。

琼·里弗斯[①] 在小说开始前的专场表演

过多的服饰描写

"乔，来见见万达。"女主人说道。乔用欣赏的

---

① 琼·里弗斯（Joan Rivers，1933—2014）：美国喜剧演员。——编者注

眼光看着万达。她身着一件肩部带有蝴蝶结的蓝色短连衣裙，配一双蓝色中高跟凉鞋，一身装束用一条细银项链加以点缀。他对她好感顿生。两人握手时，他感觉到她也正打量着他。

他穿着那件窄翻领的炭灰色夹克，浅绿色的衬衫。他的领带是橄榄绿色的，带有棕黄色条纹。他穿一条收口的裤子，颜色是大胆的深绿。鞋子是黑色山羊皮乐福鞋。袜子是薄羊毛质地，同样是黑色。万达对着他这身打扮微微笑着，好像早就认识了他一般。

虽说对角色衣着的描写可以让读者对角色的性格有所了解，但服饰本身并不是性格的组成部分。除非你写的是富婆沉迷于购物和爱欲的那类低俗小说，否则没必要对一个人的全套衣装进行详细描述。简单一笔——黑色牛仔裤、劣质绕颈背心——就足够了。甄选的细节往往比详尽的描述更加有效。

第五章

开始了解你的主人公

……假使她是蔬菜？是罐装豆子？

在你的主人公踏上冒险旅程之前，我们想要再多了解他一些。他为什么会这样做？他的长处与弱项为何？他结婚了吗？他住在太空站里吗？他是个精神失常的犯罪分子吗？

不过，小说无法出版的作者明白，塑造一名角色远不止给他加些有趣的故事而已。

平凡的一天

日常琐事无法塑造角色

乔早上七点醒来。他烤了只洋葱硬面包圈当早餐，涂上厚厚的奶油芝士后，他边吃边看《华尔街日报》。吃完后他出了门，开着他的雷克萨斯，以 65 迈的时速超速开向健身馆。他先做了些有氧运动，然后开始举重，锻炼胸肌和三角肌。

迅速冲了个澡之后，乔离开健身馆去上班，不过就晚了五分钟。同以往任何一个早晨一样，他跟秘书说"你好哟"，秘书也一如既往地笑着回应"你这淘气鬼！"他走进自己的办公室，开始例行公事讲废话。对持有相同观点的那些废话表示赞同时，他回应以废话，而这种机械式的废话日复一日，年复一年，到最后生活变得只剩一大堆空虚且毫无意义的连环动作。

这一场景往往能持续三页，把乔的日常流程内所有事项全部囊括在内，从跟报亭小厮的打趣到他最爱的中餐外卖，无所不包。这么做通常有两个原因：一是作者真心想要展现生活的枝枝节节，因而铺开大量细节；二是作者有意通过展示乔的日常生活流程来展现他的性格。但是，再没有什么能比"他烤了面包而不是做了水煮荷包蛋当早餐"这样的情节更无法深入角色内心了。

无论出于哪种原因，这样的内容读起来就像陌生人长长的待办事项清单。要是读者格外倒霉，碰巧乔还有个女友，还得再看遍女友的日常流程。针对这种情况的疗法很简单：直奔主题就行（参见第一部分）。

孩子啊，你已离题万里

角色的童年生活过于复杂

　　乔的母亲是一位美丽的气象学家，在乔的父亲旋风般的猛烈追求下，她的芳心终被俘获。然而到了乔降生的时候，他那曾经相爱的父母已两相生厌，深夜里常常有抬高的嗓门声从他们卧室传出。乔逐渐长大，他开始将父母吼叫带来的恐惧与婚姻这件事联系在一起。也许这就是他无法向贝蒂做出承诺的原因所在，他边想边穿上凉鞋，低头看向沙滩，贝蒂结束游泳向他走来。她却丝毫不曾怀疑这趟快乐单纯的沙滩之行竟会召唤出背叛爱情的幽灵。可怜的贝蒂！她又怎会理解他那错综复杂的童年。

　　作者开始往深里挖掘乔麻烦重重的过往，大体勾勒了他初尝人事时的窘态，细致描述在其祖母因图书巡回车突发事故丧生后他的反应。所有这些旨在解释是什么把乔塑造成现在的模样。乔的人生故事一览无余。

　　然而读者并不会因为角色无法做出承诺这种事情百思不

得其解，也不会因为谁神经兮兮、气急败坏、羞涩内向或者（请根据需要在此处填入形容词）而困惑不已。作者一旦这样做，就会陷入无限深挖的危险之中——乔恐惧葡萄干，是因为跟父亲和教区牧师一同露营时发生了一起不幸的事件，如果我们必须知道这一点，那是否也必须知道是什么造就了父亲和教区牧师这种必须要用到葡萄干的人？

你当然可以对角色的过往历史有所描述，但这些历史与角色行为之间的关系总要比巴甫洛夫那只狗的心理来得复杂一些。而且通常来说，比起读者，小说没法出版的作者对其角色背后的故事要着迷得多。

好过头，反而假

塑造富有同情心的主角时用力过猛

一看到地铁台阶上有个无家可归的乞丐，梅林达立马抑制住浮上脸庞的一丝担忧。五美元够了吗？她决定就给五美元了，毕竟自己还要贴补妹妹，母亲也需要动心脏手术。她多希望自己的工作时间能再长些，尽管每天的工作量已经压得她喘不过气来了。梅林达一直在给其他女孩儿们打气，她总备着一两个笑话或几句鼓励的话语。"我不知道没有你，我们该怎么办。"埃斯梅拉达总带着萨尔

瓦多口音这么说。听到这话，装配线上的所有女人
都会点头称是。

完美的人很无聊。完美的人招人嫌，因为他们比我们
好。归根到底，完美的人好过头，反而假。

主角的友善程度跟真实生活中的普罗大众一致即可。如
果把主角写得比大多数人更为友善，读者要么心生厌恶，要
么怀疑地笑一笑。

道德败坏的拜金女给了乞丐二十美元的情节会吸引我
们。终日为人权奋斗的律师前去动物收容所当志愿者，或在
赶往法庭的路上停下来给了乞丐二十美元，这样的安排只会
让我们想吐。

读者不喜欢你的主人公，就因为

- 他冥想。
- 他正在读你最爱作家的作品。
- 他听你最爱的乐队的歌曲，且对专辑内页了如
  指掌。
- 他是名失意的作家 / 艺术家 / 歌手和歌曲作者。
- 他开一部古雅的老爷车，还给它取了个名字。
- 他能用稀奇古怪的原材料迅速做出极好的煎蛋卷。

- 他有一双绿眼睛。

- 他有好酒量。

- 他从不碰那些毒品。

- 他处在混乱无序的波希米亚生活方式中。

- 他参加火人节①。

- 他不再参加火人节，因为"他们变得商业化了"。

- 尽管他是个码头工人，但表现出对艺术十足的热爱。

- 尽管他是位古典钢琴演奏家，但码头工人待他
  与常人无异。

- 他的女佣要么像是他最好的朋友，要么是他侦
  探业务的免费顾问。

- 他的祖母是他认识的最酷的人。

纯素食的维京海盗

作者使用政治美化

罗盖因骑士抓抓下巴，仔细思索迷人的英迪娜
维所说的话。她似乎不接受社会加在她头上的妻子
与母亲角色的限制。而罗盖因自己也常常觉得女性
比男性更聪明。他的母亲是一名睿智的女性，知晓

---

① 火人节（Burning Man Festival）：每年 8 月底至 9 月初在美国内华达州黑石沙漠举行的
反传统狂欢节。始于 1986 年，其基本宗旨是提倡社区观念、包容、创造性、时尚以及反消
费主义。——译者注

所有香草的用法。她曾教导他，要对来到本国的深
色皮肤水手予以尊重，这些水手所属的母系文化尊
重天地万物生灵，他们的船经过精心装饰，依循的
准则用他们东方人的话来说，叫作风水。

虚拟小说中的角色带有政治正确和新时代价值观的概率
要比真实生活中高得多。这并非唯独针对自由派，持右翼观
点的角色思索自由市场激励因素之重要性的小说同样会让人
读不下去。当角色像以上例子中那样生活在一个遥远的时代
或者身处远方时，这种带有政治意味的思索就显得尤其不合
适，因为在那个时代那种地方，如此想法根本不存在。

与此相关的另一个问题是最近盛行的在历史小说中加入
同性恋角色。我们觉得这本身没问题，但请不要用这种方式
来展示其他角色的包容开放，因为这并非其真实感受。同时
也要避免对同性恋武士别样的走路姿态和他们在衣着方面的
浓烈兴趣评头论足。

爱屋及乌，爱我及我猫

还真有只猫

威斯克伯顿先生从沙发下它最爱的藏身处轻盈
钻出，好奇地喵喵直叫。梅林达说道："殿下想要

进餐了吗？"猫咪殿下斜睨着眼，似乎在表示赞同。它整个举止形态都展现出自己在家中养尊处优的身份地位。它那毛茸茸的尾巴轻快地前后甩动，两只可爱松软的耳朵微微向后收，有些急切。"我活着就是为了伺候你。"梅林达笑了。

在大多数小说中，宠物的曝光程度应该跟扶手椅差不多。除非这是关于猫的谜案，或者雪貂、大肚猪之类的动物是作为重要角色参与了情节的发展，不然它们是可以从故事中消失的。总之，为角色配个宠物可没法令其显得更有同情心。人在面对一只百无聊赖的猫时通常同情心已所剩无几。如果该宠物并非主角，也不能一举破获所有案件，那就把与其相关的描述缩减为一句话，或干脆删除。

如果真要有只猫，拜托不要取这种名字：

- 奇喵或者类似的双关语
- 用作曲家的名字（巴尔托克、马勒……）
- 用作家的名字（海明威、格特鲁德·斯泰因……）
- 用古希腊哲人的名字
- 形容词 + 某部位 + 先生（例如刺爪先生）
- 用两个或多个词，开头字母还一样（还是"刺

爪（Prickly Paws）"的例子）

- 用某个名字，再冠上主人的姓（巴尔托克·芬克尔斯坦）
- 用某个展现主人的族群自豪感或表达政治倾向的名字（谢默斯[①]、罗莎·帕克斯[②]、托洛茨基[③]……）

疲于同情

角色已无药可救

　　打从放弃上大学的机会转而照顾病重的母亲以来，梅林达·斯皮尤就一直与抑郁做斗争。所有的朋友都让她别管她母亲了。毕竟斯皮尤夫人是个酒鬼，对梅林达没半分善意，反而一味地残忍无情，放任一个又一个同为酒鬼的"继父"在处于成长期的梅林达身上发泄怒火与兽欲。但是梅林达没法切断自己与悲惨过往的连接纽带。现在母亲也死了，留下一屁股债，她终日劳作也只能勉强存活。她原

---

① 谢默斯（Seamus）：英文名字 James 的凯尔特语版本。——译者注
② 罗莎·帕克斯（Rosa Parks，1913—2005）：美国黑人民权行动主义者，被称为"现代民权运动之母"。——译者注
c 托洛茨基（Trotsky，1879—1940）：俄国无产阶级革命家，十月革命直接领导人。——译者注

本寄希望于精神科医生开出的抗抑郁药，这好歹能
让自己像其他人那样有精力多干些活，然而这些药
的作用刚好让她胖了 150 磅。

　　作者是应该让角色面临严重的问题，但不该把人类所有
的痛苦都压到同一个角色头上。这也不是说角色一定要功成
名就、美丽动人，对自己的人生心满意足。读者感受得出来
主角是个技术怪人或者失败者，但如果该角色的人生中除了
失败与放纵再无其他，读起来只会令人厌烦。
　　一个满脸是痘的孤独男孩因成绩太差而退学，在回家的
路上还天天挨打……好吧，谁愿意看毫无出路的他再挨一顿
揍？但是，如果这男孩在第一章遇到一个神秘陌生人，他承
诺将赐予男孩某种"秘密力量"，那么读者会一路跟到第十
章，看看恶霸们将如何遭受报应。

我在表达我的性欲

过度展现角色性欲，掩盖了其他特质

　　秘书向废纸篓弯下腰时，她的短裙紧紧裹住丰
满迷人的臀部，把乔看得目瞪口呆。等会儿又要自
行解决一下了，他就知道。老天！人怎能这么好
色？！他想起了放在家中的新　期《皮条客》杂

志，他把它看了又看，胜过大多数男人亲近女朋友
的次数。

主角在前三章都不应该出现自慰或者色眯眯地盯着陌生
人看的情节。读者自然明白凡人都有欲望需要满足，但如果
一上来看到的就是这回事，读者只会觉得角色猥琐又恶心。
并不是说读者都是一本正经的道德家，他们知道每个人都会
自慰，都难免看着同事的美臀做些非分之想，如此种种。读
者也知道每个人都会排便，但如果一上来就看到某个角色拉
了坨屎，此人"拉屎角色"的印象便在读者脑中挥之不去。

某些特殊情况下可以使用欲望强盛的主角，例如詹姆
斯·邦德以及杰姬·柯林斯小说中的女主人公。此时角色之
间相互吸引，乱性被视作正常，而这种独特的魅力也正是小
说的卖点之一。

还有诸如菲利普·罗斯和马丁·艾米斯这样的作家，其
作品常常用诙谐的方式着力描写主人公痛苦的心理，探究他
们对情欲的痴迷。但首先，这些小说属于正统文学，所以如
果你写的并非正统文学，那你已走错方向。再则，这种题材
处理起来极为困难，你要结合两种高超技法：描绘情欲场面
和展现幽默（参见第六部分《切勿私下尝试的特效和新奇行
为》，第 261 页）。小说新手尝试进行这种写作，无异于滑雪
初学者选择在"绝命山"进行人生第一滑，并在此过程中首

次尝试磨刀。

　　此外，尽管在内心世界中更为阴暗的角落进行大胆探索是作者的职责所在，但如果角落中的那头怪兽怪异到了绝无仅有的程度，不仅会让读者难以辨认这究竟是哪个角色的阴暗内心，还会令读者从故事中抽离出来，对作者本身产生疑虑：莫非此人亲身策划并参与了这般离奇古怪之事？

第六章

搭档及其他重要角色

"这么长时间以来，在上西区遇到的所有女人中，我一直最爱你。"

好了，现在你的主人公已经像简笔画般单调乏味，如果是个不折不扣的讨厌鬼就更棒啦。现在我们开始用一些夸张的漫画笔法、无趣的人和事来填充她的世界，并装扮她的卧房。

金波比我更懂我

介绍了一个毫无用处的朋友

电话响了，梅林达跑过去接。打来电话的是她最好的朋友琼奎尔。

"嘿，梅尔怪兽。"琼奎尔向老朋友打招呼。

"啊，琼琼！"梅林达开心大叫，"我都有两天没听到你的消息啦！"

"我知道，我们这么久都没说上话是不太多见，"琼奎尔说道，"你可是那种特别喜欢亲密无间的人呐。"

"是啊，这说明我最近有些不大爱说话。"

"哎，你会像以前那样的。我知道工作的事让你有些沮丧，也许琼琼带你玩一玩就好啦。"

梅林达想起琼奎尔无数次用"琼琼带你玩一玩"来为她打气鼓劲。两人中梅林达通常是较为安静的那个，有时候甚至有些怪，而琼奎尔则是个热爱派对的外向女孩。琼奎尔会带她去帝国大厦楼顶游玩，去她们最爱的意大利餐馆 Gotti's 吃饭，有时候两人就只是吃着本杰瑞的胖桶冰激凌，在电视机前看一部浪漫爱情片。这些年来要是没了琼奎尔的陪伴，她又能做些什么呢？

通常来说上述内容会长达五页纸，涵盖无数快乐的互动时光，确保读者已了解到梅林达和琼奎尔之间的关系是有多么欢乐融洽。梅林达在这里只顾连篇累牍地讲述两人的美好过往，却显然忘了此时琼奎尔就处在当下场景中。"琼琼带你玩一玩"一旦出现，砸到读者眼前的是一大张长长的清单，记载着女孩们去了哪些地方，买了什么东西，喝了多少五颜六色的饮料。

如果是"金波带乔玩一玩"，金波和乔两个男孩就会点份比萨去看比赛，或者作者会让他们做一些观看体育比赛以外的事，以表明这是两个不同寻常的家伙。

更糟糕的情况来了，琼奎尔之后还有玛吉，玛吉之后还有厄休拉——因为梅林达不是只有一个朋友！并且与每个朋友的相处都能展现出梅林达不同的侧面！

下面这种情况也是一样。

克隆随从

涌现出一大堆毫无差别的朋友角色

下班后，巴迪决定去埃迪那儿看看伙伴们都在做什么。他停好车进了屋。毫无疑问，他们都在底卜娱乐室看比赛。

他走下楼梯，看到所有人都围坐在一起看比赛。

"嘿，伙计们。"巴迪边打招呼，边自个儿从塞得满满当当的冰箱中取出一瓶啤酒来。

"巴迪！"拉斐在房间那头喊道。

"你好呀，巴迪。"埃迪仍看着眼前的屏幕。

　　"嘿，巴迪。"比利举着一只手，眼睛没从电视上挪开半分。

　　"还有人要再来瓶啤酒吗？"巴迪问道。

　　"给我来一瓶。"拉斐说道。

　　"我也要。"埃迪说道，伸手接住巴迪扔过来的那瓶。

　　"那好，我也来一瓶吧。"比利说道。

　　巴迪舒舒服服地坐进沙发……又一个周末开始了。

　　如果要给主角安排不止一个朋友，那他们的出场目的就不能只有一个，个性也不能只有一种。最关键的是，将他们区分开来的因素不能只是名字而已。通常来说，如果这群人可以统称为"那些家伙""那些姑娘们"或"那帮人"，且改用这些称呼后情节没有丝毫受损，那这样的角色有一个就够了。

　　如果与这些角色的相遇并不能推动情节的发展，巴迪和梅林达就需要在"交朋友"与"签订出版合同"之间做出抉择了。

啦啦队

　　陪衬角色的存在只是为了赞美主人公

　　"我走了以后会非常想念你的，梅林达，"临时工埃弗美拉说道，"我们一起待了七个小时，这么久以来我过得最开心的就是这段时间。临时工这活计真烂透了。"

"哎呀，你这张嘴讲出这话来，还怎么去亲吻你母亲哟！"梅林达开起玩笑来。

埃弗美拉顿了一秒才明白过来，随后爆发出一阵大笑。她喜悦的双眼饱含欣赏，她说道："这姑娘这么漂亮，还这么风趣哩！"

"是嘛，唉，真可惜你还得回到临时工阴暗区去。"

"临时工阴暗区！好一个俏皮话——凭你的聪明才智，待在这个办公室可真是浪费啦！"

"唉，我在这儿做得还挺开心的，"梅林达说道，"不管怎样，恶人没好日子过。"

临时工颇带赞赏地叹了口气。"这话没错，"她说道，"我以前还从来没这样想过。"

"而且周围人都那么困难，我也尽量多做点好事。"

"说得对呀！跟你这么一聊，我感觉我看待事情的方式都完全变了。"

在这里，本来该由主角来吐露隽言妙语和真知灼见，作者却换了一个小角色来做衬托，这人极易被触动，咋咋呼呼的，好像精神不大正常。这个例子也略有些《偷内裤的小精灵》所述的问题：作者知道自己想为角色塑造什么样的形象，却没能成功地将读者引向理想中的目的地。让另一个角色哈哈大笑并不能让对话显得更有趣。这样的角色对于"自慰式"的情节来说，就等同于充气娃娃跟真正的自慰行为之间的关系。

作者在此处有两个选择：要么更努力地构思，要么就让角色聪慧有趣的程度保持在原水平好了。

毫无个性的一大群人

引入大量群众角色，随后舍弃

内尔到达野餐的地方时，她的哥哥亚历克斯张开爱尔兰人特有的坚实臂膀，给她来了个温暖的拥抱。越过他的肩膀，她看到了堂亲麦克斯、贝蒂和露西，还有也叫露西的远方堂亲，还有只大丹犬，也取名为麦克斯。"见到你真开心。"亚历克斯边说边带她过去。她往后站了站，露出大大的笑容。亚历克斯住在特拉华州，他每次上城里来大家都很高兴。

"爸爸，妈妈！"内尔一看到父母的身影就喊了起来。两人挥了挥手，正朝她走来，米琪、贝琪和拉蒙娜三胞胎突然从父亲那侧窜出来，将他俩团团围住。

内尔无疑由衷喜爱这个大家庭在每年夏天举办的野餐活动。在这儿，她几乎忘了自己是一名侦探，正负责调查巴尔的摩最混乱地区的凶杀事件。但她还是没忘。就连现在，麦奎弗尔的案子还在她脑中不停萦绕，等她明天回到工作岗位上……

在真实生活中，人们常常与家人十分亲密，并且无论如何也要花点时间来陪伴家人。我们当然欢迎你塑造这样的角色，但也要表现得适度一些。打个比方，当你邀请某人来家中做客时，并不希望他把一大家子的人都带上吧。除非其中正好有谁参与进了你的计划，否则你也没有必要跟此人会面。一部小说好比一家小公司，难以承受过重的负担，即便这种"负担"是一名十分亲近的家庭成员。

还有人会在叙事中引入父亲或母亲的角色，常用手法是一通主题为"事情怎么样了"的长电话。这同样也没有必要，你不必借此来宣告：主人公和其他所有哺乳动物一样，有着生养他的父母。

爱上芭比娃娃

肤浅的爱

乔的目光在她明亮的蓝眸、完美晒黑的皮肤和

金色长发上肆意游走。要不是她那形状完美的胸部
对于一名模特来说过于丰满，梅林达本可以走上这
条路。她的双臂纤细、色泽金黄，两条长腿曲线玲
珑，看着就像斯嘉丽·约翰逊和安吉丽娜·朱莉的
综合体——只怕还要更美一些。乔不曾陷入如此狂
热的爱恋之中。

许多爱慕之情是肤浅的。男性角色是"钴蓝色的眼
睛"，女性则是"金色长发"，这是肤浅之爱的典型特征，
请慎用此写法。在电影中，斯嘉丽·约翰逊一现身，男性观
众顿时为之倾倒，我们明白这是为何。而在小说中，我们
所能看到的不过就是一成不变的字体。你再怎么激动又传
神地用文字描绘安吉丽娜·茱莉的美妙酮体，也不及一段五
秒钟的劣质视频所带来的震撼。再说了，百万年来的进化
让我们自然而然地对"大小"有所反应，这里的大小可并
非字体的大小。更糟糕的是，除去本能反应，就算角色是
异性，我们全都有可能对其产生憎恨之情，谁叫此人生得
太过完美了呢。我们的意思并不是说被爱慕的角色就不能
有出众的外表，而在于还需要具有讨人喜欢的特质。最起
码也要有一个特质吧。

记住：金发、褐发和红发并非个人特质。

男人来自老套星，女人来自模式星

角色完全套用基于性别的刻板印象

　　梅林达苦笑着拿起乔那份沾上了啤酒渍的体育专栏，换上又一支甜浆果味的蜡烛。她坐到软躺椅上，一边欣赏她的《新娘美鞋月刊》，一边想着乔会不会记得他们约会三周年的纪念日。

　　与此同时，在镇子另一头，乔偷偷摸摸地向撩人的服务生眨了下眼，他要放纵一回。趁梅林达不在，他要点上一大堆超高热量的油炸食品。迪克随时都能赶来与他共度美好夜晚，两人准备一醉方休。他真是爱死这个天杀的小混蛋了，当然这话乔绝不会对迪克说。

　　这种恋爱关系写起来就像一场老套的性别偏见战争。她总会说"我们得谈一谈"——男人最怕听到的话！而他情愿看比赛——这是他唯一的个人特征。这种关于性别差异的观察虽然古怪，却也无可厚非，但也别把角色写得像啤酒广告中那样充满刻板印象。

　　真实生活中的伴侣结合与争吵的原因有千千万万种。导致离婚的各种原因就像一片片独一无二的美丽雪花。好好构思一下角色的恋爱故事，他们一同做了什么，有哪些是两人之间才懂的笑话。花上一点时间，你就能构建出一段足以打动读者的独特关系，这样一来编辑也不会觉得上周在喜剧中心的单口相声短剧中看到过你的这篇故事。

白马王子配不上我

坏男友比主角更让人同情

　　很快，梅林达——数落起乔的不是来。他忘了干洗衣服，在她的同事聚会上表现平淡，还有那回一完事就睡着了，还有，他显然不大乐意帮她母亲填写纳税申请单——这天还是他们约会三周年的纪念日，还得由她来提醒他这件事！明知道她只爱白玫瑰，他却给她买了红玫瑰！历经这一切，还有谁能责怪她与有着钴蓝色眼睛的民谣歌手杰西激情一夜的事。梅林达边这么想，边将又一捆乔的衣物扔到了大街上。

　　这就是女主人公那一文不值的男朋友，男人能做的错事他都做了个遍。读者要是足够理智，就会发现这人的命运如此悲惨，那位哭哭啼啼的女高音难辞其咎。勉强合格的男友被表现更佳者取代，这样的设定却常常让读者同情起她的男友来。既然是坏男友，就得坏得彻底——夜夜烂醉，在赛道上把女主角的钱扔得漫天飞扬，还说那几条牛仔裤确实让女主角显胖。最重要的是，他不忠在先，那么她随后的行为就不会给人同样不忠的感觉了。

你的主人公可以离开她那好脾气但无聊的伴侣，转而投入帅气陌生人的怀抱，因为他让她"有回家的感觉"。但当她这么做的时候，心中涌起的应该是愧疚之情，而不是报复的喜悦。

可爱的典狱长女儿
突然出现的恋爱角色正好补上情节漏洞

乔顿时精神大振。阴冷潮湿的过道那边走来一名身材匀称的女孩。一准是典狱长的女儿。在每个人都呼呼大睡的夜里，除了她，还有谁会来到监狱，正好被他发现？她对上了他的眼睛，害羞地笑了笑。

"喂，美人。"他说道。

"你在跟我说话吗？"她停住脚步，怯生生地问道。随后两人都笑了。

"对啊，我可不是在跟巴舍·琼斯说话，那个关在对面的疯子！再说他睡着了，正好。"

"正好？"她咯咯直笑。看她那伸长了脖子的

模样，乔知道要不了多久，悬挂在女孩丰满臀部上
方的钥匙和令人垂涎欲滴的她本人都将为他所有。

昙花一现的恋爱角色常被用在惊悚悬疑小说中为主人公
解决麻烦，或者用在实验小说中，为单调乏味的段落增添趣
味。（弗吉尼亚·伍尔夫的作品要是没了类似"典狱长女儿"
的场景会是什么样？）为了让这位可爱的典狱长女儿（可爱
的银行出纳、可爱的整容医生、可爱的武术家，诸如此类）
勇往直前为主人公排忧解难，作者需要提前几页就不辞辛劳
地构建出该恋爱角色的形象。

滑稽的情人

主角将就了事

梅林达看着潘奇松弛的脸颊、皱巴巴的斯波克
汗衫，还有他那只酒糟鼻。她双手握住他汗津津的
手，叹了口气。他口吃、笨拙，对飞蛾怀有异乎寻
常的恐惧，他笑起来带鼻音，他穿增高鞋，职业是
在马戏团扮怪胎，他形体丑陋。至少这些她都能视
而不见，却怎么就做不到始终欣赏眼前的一切！他
们曾好几次彻夜讨论她与兰斯之间的问题，她此时
才意识到，那时他就在渴慕着她。潘克瑞斯·琼斯

一直是她最好的朋友——他还能更进一步吗？

读者喜欢咸鱼翻身的故事，欣赏不浅薄的主角，但这也会有一定的限度。青蛙至少得在婚礼前夜变为王子吧。以下这种写法更为微妙，却一样让读者痛苦不堪。

圣诞村庄的最后一支探戈

恋爱角色毫无性吸引力

> 梅林达看着圣诞老人仁慈的脸庞、亮红色的套装，还有他那雪白的胡子。她双手握住他胖乎乎的手，叹了口气。至少她无视这些肤浅的表象，从而了解了他这个人，他有着温暖又忠诚的心，是个真正的男人——没有钴蓝色的眼睛，没有八块腹肌！圣诞老人一直是她最好的朋友——他还能更进一步吗？

别，千万别这么写！任何情况下都别这么写，恋爱角色不能是这样的。

可爱的好友这样的角色可能不会招人嫌，但全然缺乏性吸引力。许多小说到结尾处将该角色变为恋爱对象时，总会或多或少地让他展现些许男子气概。比如淡淡一笔，让他移个沙发；在女主角绝望流泪时放下争端，勇敢地站到她那边；

或者只是展示一下足球知识。这些极细微的线索还会伴随一些"改头换面的策略"，比如换了个讨人喜欢的新发型，以及女主人公心情的转变，历经几个场景慢慢搭建这一过程。

（不久前，女性版的此类角色不得不放弃工作，看见婴儿时激动得泪眼蒙眬，发现奈特利先生说什么都对。时代前进的步伐让最近的女性角色只需掉个十磅，发现自己的内在美就行了。）

在圣诞老人这个例子中，假设梅林达在逐渐了解圣诞老人的过程中，发现他以前是名拳击手，在一次出了人命的可疑事故后不得不远走北极。他的真名是"贾里德"。然后，他对她无法诉说的爱开始让他痛苦。圣诞老人日益消瘦，借酒消愁，光鲜亮丽的红色套装被一条破牛仔裤和一件旧汗衫取代。就在那个令梅林达神魂颠倒的吻之前，他刮了胡子。

当然没必要将最好的朋友变成一个风流浪子。但他必须具有某种程度的吸引力，而不仅仅是让人感到安全。毕竟在现实生活中，我们已经为"安全"妥协太多了。

通往垃圾堆的路上铺满善意

我们一向不大认同"写你熟悉的东西"这种话，但我们还是看到太多尴尬的例子，就因为作者笔下的角色距离他们所熟悉的人物太过遥远。

普丽西拉，陈词滥调之女王

同性恋好友的角色很常见，设定起来也很方便。同性恋角色通常能够同时提供男性与女性视角；能送上一个毫无威胁的肩膀让人尽情哭泣；能在求爱时错误百出，搞出各种笑料；还能用来展示主要角色的成熟与开放的态度。不过最重要的是，如果你需要尖刻、造作、耍机灵的对话来调剂气氛，尽管把这个任务交给他们。不幸的是很多作者觉得只要把角色设定为同性恋，对话就自发显得机智起来。这些作者不过浅薄地将角色停留在男人眼中的"女人"和女人眼中的"闺蜜"层面，并让他对其他角色的衣着和内在说三道四，态度轻蔑，言语空泛且无甚特别（"无——聊！"）。

政治正确的雄鹰酋长

这种带有族群特征的角色出现在叙事中，纯粹是为了给主角机会来展示在种族问题方面的自由派观点。除去其族群特征，该角色通常没有任何个人特质可言，在故事中也不承担任何其他作用。作者的目的如此一目了然，而取得的效果往往与其初衷相背。

某些我的好友……

此时，带有族群特征的角色几乎要陷入种族歧视的刻板印象中了，或者说难以与种族歧视的刻板印象相区分开来，或者我们就直说了吧，这就是名种族主义者。顶顶糟糕的是如此刻板印象与政治正确的雄鹰酋长的身份同时落到了一个角色头上。结果有如以下场景：一名白人角色对黑人角色的平权行为表示赞赏，两人间的对话像是出自老掉牙情景喜剧《阿莫斯和安迪》。为取得最恶劣的效果，你可以让带有此种刻板印象的角色感受到一种与主角之间非同寻常的联结，因为他是为数不多的"懂得"主角的人。（"先生你知道吗？你没有问题。"）

并非只有自由派白人作者才会有此类问题。如果你的小说出现了"白人恶魔"这样的字句，并且描写某个角色时都是使用的这类词，那就要注意了。

全球思维，本地购物

还有一种类似的问题，你试图展示角色的深度与人道主义精神，于是便提及了一起与情节毫不相关的惨剧，让角色对此做出反应。（"格洛里亚被波道夫百货商店外报刊亭上展示的新闻头条吸引住了，她停下脚步，对饥荒／海啸／战争／最近新闻中其他灾难的遇难者感到无比同情。生活真是令人悲伤。"）我们对你的善意致敬，请给灾民寄张支票，然后立马回到你的故事上来。故事中他人的惨剧，尤其当引入的是真实事件时，总会让你的角色所做的任何事都显得无关紧要。

第七章

坏家伙们

"既然现在你已经逃不出我手掌心了，
那我要把我的人生故事统统告诉你！"

现在我们已经把主角弄得没人能忍受，把恋爱对象变得
让人再没一分与之恋爱的心思。现在轮到坏家伙们了，让我
们创造出一些完全不切实际的反派形象吧。既然是敌人，理
应也与编辑为敌，把他们彻底惹恼，完全断绝买下你的书的
念头。请尝试以下这些简便易行的小技巧。

罪犯的内心

反派干坏事是因为他们渴望干坏事

　　克吕埃拉坐在她那张玛瑙桌旁，漫不经心地扯下一只苍蝇的翅膀。她在想乔的事。乔那个懦夫，为了自己只会傻笑的女儿甘愿做任何事。对于那副多愁善感的做派，克吕埃拉只有满心的鄙夷。她动了一点心思：何不制造个"小意外"，把那讨厌的小鬼彻底除掉？想想乔为了一个小屁孩就眼泪汪汪、手忙脚乱的狼狈模样，真是有趣得很！如此一来这个可怜的傻瓜就没精力继续当他的验光师了——那令人作呕的隐形眼镜买一送一的发善心活动就要一去不复返啦，让一群可怜虫永远活在黑暗中吧！没错，制造个小意外——多年前克吕埃拉自己那哭哭啼啼个没完的儿子也是这么消失的！

　　为了塑造反派形象，作者有时候会走极端，把坏蛋写得邪恶无比，让整个人类种族看过后都庆幸自己尚未如此恶毒。这些反派们极为大公无私地把自己全部的空余时间用来谋划扳倒德肋撒修女，不为钱，也没有任何对她产生厌恶的理由，唯一的原因是"她假惺惺地干好事的模样我看着就生气"。

对手的行为总得有个合理的原因，让身为常人的我们能够理解。有些故事的反面角色并不是连环杀手或大怪兽，而是主角的商业对手、难对付的上司或不忠的男友，这些形象可没必要表现得跟魔鬼似的。

此外，更不要尝试在犯下这个错误的同时再加上以下这个：

但他爱他的母亲

赋予反派一项好品质来使其形象更丰满

希夫戳戳那具俯卧着的躯体，窃笑着。这新招募来的姑娘肥瘦适中，质量上乘。他总能在附近街上弄来最年轻的姑娘，以此赚取收入来应付他那"好习惯"的开销，再则也是为了收集凶杀色情电影。客户们对他召集姑娘的能力一直十分欣赏，这次也必然如此。这小妞怕是初中刚毕业。嘿嘿，等醒过来时她的性经验就要超过大多数两倍于她年龄的女人了。眼下只需把她锁在地下室，给她注入迷药，让她上瘾。然后他们会对老希夫言听计从。是！先生！

去水槽边清洗沾满鲜血的双手时，他看到了放在显眼处的自己母亲的照片。他的脸庞柔和了下来。妈妈是个纯粹的女人。他想起了那段纯真的岁

月，他同时送三份报纸赚钱为她治病。要不是她最
终离他而去，或许希夫就成了个好人。

当作者意识到反派的形象过于夸张而觉得不适时，有时
会试着为角色加入好的一面，令其形象变得更为丰满。杰克
偷窃、不忠、殴打子女——却仍为初恋失败而悲伤不已。阿
道夫让法西斯主义在德国肆虐，令整个欧洲陷入战争，造集
中营使得数百万人丧生——但他是个绝对的素食主义者，深
爱着自己的狗。增添一幕他和德国牧羊犬"布隆迪"的感人
场景，或是他对着一碟扁豆的画面，并不能让希特勒的形象
变得"平衡"起来。希特勒不是一个"平衡"的形象。唯一
能避免形象过于夸张的方法并不容易：让坏家伙的疯狂行为
及其动机显得真实可信。

退休感言

反派令人难以置信地详述其恶行

"既然一切都结束了，不如让我来解释一下自
己是怎么胜过你的。"枪管直指着下方乔的脸庞，
克吕埃拉朝着他嗤笑道，"首先，我买通了特派
员，出钱让你的竞争对手，一个不择手段的验光师
来对付你那爱管闲事的老妈。他给验青光眼的机器

做了点有意思的改动，然后你老妈她……嘿嘿，她到死也不知道自己被什么给击中了。接下来是你的秘书，我想她打开复印机的时候一定大吃一惊，没有卡纸，有的是狼蛛！然后就轮到尤其招你喜欢的典狱长女儿了，那个可怜的傻丫头真是不堪一击，亏我还在 H 区放出了那头疯了的美洲狮……"

"说下去。"乔轻松地咧嘴大笑，一边轻触藏在自己身上的信号传输装置。

虚拟小说中的罪犯似乎只会偷窃、绑架、谋杀、与儿童心爱的宠物猴发生不可言说的行为，他们做出这种行为的目的，常常像是期盼着向什么人一吐为快。在揭露反派恶行时，你需要尝试其他更为合情合理的方式。

君子报仇，必得当众

作者没能放下过往

"我就料到你是这种反应，你果然是个懦夫，"德莉拉鄙夷道，"再没有哪个女人会来忍受你那副摇尾乞怜的德行。等我把孩子们带走——对了，等我摆脱那项虚假的恋童癖的指控之后，你此生都别想再看到他们——到那时，再没有任何人会来爱你！"

安迪擦擦额头上的汗。他无法相信在自己刚刚被诊断出绝症的当口，德莉拉为了罗德·哈德威克要离他而去。但内心有个声音告诉他，她是因为他得病才走的。他不愿听到这声音。德莉拉从来都忍受不了丝毫的软弱。朋友们曾经提醒过他，说她浅薄、愚蠢、自私、冷若冰霜，一双腿也像两根树桩似的毫无吸引力。但他不肯听——他被自己的热心肠和轻易付出信任的天性蒙蔽了双眼。

读者在这一切的背后看到的是作者上一段恋情的模糊的影子。

一部被称为"它"的小说

小说中存在虐待子女的父母

"梅林达，你一直都这么蠢！"多布森先生讥笑道，"多亏我没让你去参加那场面试。看看你那张肥脸！要是你去了，保准你一出门他们就笑话你。"

梅林达顿时脸涨得通红，但她一个字也没说，只顾着继续用拖把拖去父亲洒出的啤酒。她要是有反抗他的勇气就好了。盯着地上那滩啤酒，她仿佛看到了自己的童年时光——她整个人蜷成一团，而喝醉了酒

的父亲正朝她挥舞着铁砧。尽管被打得眼冒金星，但
为了保护弟弟小蒂姆，她知道自己必须忍耐。

她突然挨了一下，猛然惊醒。"做什么白日
梦！快点再给我拿瓶酒来！"多布森先生吼道。

无法出版的小说中满是恶劣的父母，整个城市的虐待狂
父亲和冷嘲热讽的母亲都住到了卖不出去的小说中。尽管这
种素材有时候用在恐怖小说中效果相当不错（比如《魔女
卡丽》以及 V. C. 安德鲁斯的作品），但大多数虚拟小说中
塑造的残暴父母形象也不过就是像现实生活中的父母一样
滑稽可笑。

谜语人 ①

罪恶行为的情节复杂程度胜过弦理论

没错，布莱尼亚克想着，手中拨弄着他的狼蛛
亨利四世。他先前说过的谎话是真的，现在是时候
让市长相信这一点了。然而仅限于最近这次，前两
回的谎话除了乔和典狱长女儿的那部分，其余的依
旧是谎话。要是市长从没相信过他的话，也不用解

---

① 谜语人（Ridder）：本名为 Edward Nigma，蝙蝠侠的对手之一，犯下案件后总会刻意留
下线索来玩弄蝙蝠侠。——编者注

释太多。谋杀的罪名可以都推到克吕埃拉身上，他
那回满不在乎地将验青光眼的机器丢给她，并说了
一句"快点做决定！"之后，机器上就留下了她的
指纹（他当时戴着手套）。现在只需在存有乔的研
究成果的电脑文件中植入几个乱七八糟的数字，X
的值就会低于 5.3202——一个在统计学上不甚起眼
的数字！自己在做坏事方面竟然如此聪明机智，他
得意地哈哈大笑起来。

反面人物过于复杂的计划读起来就像棘手的税务官司。
如果读者看不懂你设置的情节，他们可无法乐享其中。如果
你让读者陷入了这样的两难处境：不知道是自己蠢，还是你
写的书蠢。好吧，我们知道赌哪边会赢，因为我们可不蠢。

当反派的计划被揭露时可以有一个精彩的反转，但如果
需要动用高级微积分知识才能理解这种反转，便会有损其震
撼效果。另外，永远不要把这种情节写得比小说的整体情节
都复杂（参见 54 页《从谜一般的视角看灵魂阴谋之谜》）。

我在融化！

反派轻易放弃

皮尔斯笑着将梅林达的手腕越握越紧。他狞笑

着斜睨了圣诞老人一眼，露出令人毛骨悚然的表情。被五花大绑且口中塞了东西的圣诞老人正痛苦地呻吟着，显然，这让皮尔斯很享受。

"所以你为了那个红衣服大个子就准备离开我，是吗？"他朝着梅林达冷笑道，"再好好想想！"

他正准备当着圣诞老人的面，在他绝望的凝视下一把撕开她的上衣发泄自己的欲望。梅林达当初怎么会被他野蛮的求爱方式吸引？然而，圣诞老人突然挣脱开绑绳的束缚，他不知怎地解开了死结。他将嘴上的胶带一把撕下，他那极为漂亮却丝毫不性感的纯白胡须顿时被一同扯下。脸蛋通红的圣诞老人疼得倒抽冷气，却很快大吼起来："放开她！不然你一定会后悔！"

"哎呀，"皮尔斯边说边放开梅林达的胳膊，紧张地耸着肩膀，"我没打算怎样，我们没必要伤到任何人。"

反派常常在紧要时刻突然崩溃，像是已被自己劳心劳力的罪恶行径搞得筋疲力尽。正面角色花了整整两百页的时间都没能打败反派，现在只需轻轻一戳，反派便顺从地泄气倒地。此时全书的高潮已到，这就是反派的任务。他似乎早已知晓这一点。

如此情形不只适用于全书高潮的场景，你要在全书中的任何时候都避免加入打斗场面，你要让主角第一次出拳就把反派打得瘫软在地无法动弹。

无畏的揭露

塞满稻草人的小说

驾车驶入车道时，维克托立马闻到一股刺鼻的气味，听到了阵阵声响，来源正是秉持女权主义"生活方式"的新邻居家。维克托终日辛勤劳作，对她们从未有过抱怨，甚至在上次的街区协会会议上亦坚守了容忍的态度。不过，他希望她们多少穿上点衣服。在他绕到自家后门去的这段路上，邻居家整个后院的风光都一览无余。邻居像往常一样邀请了一些她的同类人过来，一起裸着身子唱着歌，焚烧领导人物们的照片。此时她们那些没人看管没人在意又没爹的孩子在院子里跑来跑去，个个头发脏兮兮的，多日未洗，身下的尿布也早该换了。

这时，一个孩子正蹒跚着靠近游泳池边。情况十分危险，而那些围着火堆咯咯直笑的疯女人压根没注意到。维克托赶紧穿过院子冲上前去，赶在危难关头将差点落水的孩子救了下来。

"哇，没事啦，小家伙。"维克托边说边抱起这惹人怜爱的淘气小鬼。

"别用你那父权脏手碰我孩子！"新邻居尖叫着朝他跑来。

"但是——"

"我知道你想对他干什么！"她一把夺过孩子。她放下男孩，将他往其他孩子那边推。"去玩吧，记住了，长了根阴茎是你的耻辱。"

作者有时候会借助对反派的塑造来发泄对某个团体或信仰的鄙视之情。不过表达意见时最好不要过于粗暴，要不然角色的形象读起来就像是一份能够自己走动的使命宣言。你尽可以将反派设为新保守主义者、没礼貌的青少年或者狂热的犹太复国主义者，但尽量不要让读者觉得他们是因为这些身份而成了反派。

小测验

选出最有可能适合你小说中某角色的选项。

1. "亲爱的，你这副样子看起来好凶！"____

　A. 发型师布鲁斯口齿不清地说道。

B. 奥普拉说道。

C. 穿着妈妈的鞋子在镜子前摆弄姿势的孩子说道。

D. 船只的电脑系统佐姆说道。

2. 他____揭露他的罪恶行径。

A. 带着德语口音

B. 用德语

C. 恰如其分地

D. 对着他的手套玩偶泡泡

3. 当他从大学回到家中时，他的母亲____

A. 已经把刚做好的巧克力曲奇为他放在了盘子中。

B. 将他的房间保持得跟他离开前一模一样。

C. 已经搬走了，都没告诉他一声。

D. 已经变成了一株食肉植物。

4. 那个年轻人____

A. 帮我们点了汉堡。

B. 尝试了一点诱导性毒品。

C. 听了老师对巴尔干地区的主张后感到不悦。

D. 轮到去给巨人剥皮了。

5. 漂亮的女秘书____

A. 抛了个媚眼。

B. 甩开经理的咸猪手。

C. 为初级游击手达到了 0.320 的打击率。

D. 徒劳地拍打着好色的犀牛。

6. 八岁的男孩哭个不停，____

A. 每当父母在楼下吵起来的时候。

B. 当神父开始他邪恶的游戏时。

C. 遥控器粘在他黏糊糊的手上怎么都掉不下来时。

D. 因为要再过五年悲惨的日子，只是为了调试下设备他才暂时止住了哭泣。

7. ____让老妇人激动得透不过气来。

A. 那人的恶言恶语

B. 达成停战协议的喜报

C. 他把事情说明白后，喜悦的心情

D. 电脑系统佐姆的恭维

8. 体格健壮的 CEO____

A. 跟他的秘书上床。

B. 做了一千万美元的股票期权交易。

C. 做了马铃薯饼。

D. 让豪猪们为他美妙的嗓音嚎叫。

9. 年轻的美发师原来____

A. 是同性恋，就跟布鲁斯一样！

B. 是个健谈的人。

C. 正是那个问遍了植物学相关问题的人。

D. 压根看不清东西。

10. 女企业家从未有充足的时间来＿＿＿

A. 陪伴她的孩子。

B. 生个孩子。

C. 好好埋葬她的孩子。

D. 买一台手机，以至于当自己被外星蜥蜴怪物围
堵在浴室的时候后悔不已。

11 这位女同性恋在她童年时期＿＿＿

A. 曾经被性虐待过。

B. 不爱玩娃娃，而喜欢火车玩具。

C. 对漂亮的姨妈产生了爱慕之情。

D. 让豪猪们为她绝妙的编织手艺嚎叫。

得分

A. 5 分

B. 4 分

C. 2 分

D. 0 分

40—55：你的角色都是些缺乏想象力的古板套路，
保管会得罪上述对应群体的成员，因为你在塑造角
色时并非以人物形象为基础，而是建立在糟糕的小

说之上，而小说本身也参考了稍微不那么糟糕的其他小说。

30—40：你的问题就是让人一猜即中，无甚悬念。尽管你的角色还不至于像纸片人般毫无真实感可言，但距离纸片人也不远了。或许是软木人吧，但软木本身至少还有些用处。

20—30：就大多数商业小说而言，你已经达到了合理的平衡。尽管角色还是有些眼熟，但其有趣程度已足以吸引住读者，而不会让读者质疑作者的父母究竟对他做了什么，才促使他写下这种东西。继续努力吧，机灵鬼！

10—20：如果你写的是复杂的心理小说、荒诞喜剧或外星生物入侵的故事，那仍属正常。否则的话，尽量不要那么异想天开吧。

0—10：你混淆了聪明和招人嫌。一些不负责任的朋友会说你风趣又大胆，到后来你会相信自己的小说被拒是因为"令人震惊的原创性"。

第三部分

风格——基础

厉害，鲍伯的那些精彩句子竟然完全言之无物！

我们已有多种方法来令编辑对作品兴致全无，其中最速战速决的一招便是从行文风格着手，这么做无异于给文学作品下一剂快速起效的毒药。烦人的情节和呆板的角色也许要花上几段甚至数页才能让编辑丧失兴趣，而单调乏味和含混不清的表述只需一句，便能让人掉头就跑。

很多人只不过在书写时对遣词造句丝毫不在意，就达到了赶跑读者的效果。他们一路高歌猛进，在身后留下一长串不合时宜的表达。显然，这些作者将检查初稿当作一件很磨磨叽叽的事。然而，即便你花费了数小时来撰写单独一个段落，也没必要把每句话都解释得一清二楚。有人会发现，自己辛苦劳作的回报竟是将语句的最后一丝意义也剔除干净。

如果你打定了主意不让你的小说出版，看在老天的份上，就尽管胡乱使用那些复杂的词吧。只需随意乱用一下"性敏感"或是"缆索"这类词，就能一举歼灭所有出版的可能性。如果在某处用一个简单的描述词就行，千万别用。人们应该从各个房间内"分散"而出，观念应该"灌输"到人们脑中。如果你大胆一点，人们也可以从各个房间"灌输"而出，观念也可以"分散"进脑中。当一个句子只是含义不大清晰时，千万别就此罢手。记住，人们还是能根据上下文来推断出句子的意思。

千万别信任你的读者，他们不会明白角色哭泣是因为悲伤的缘故。你要对此解释，最好还要用上人类学家进行实地考察时的记录语言。她正在经历悲伤。他经受痛苦。没有把握时，就用心理呓语①。"机能失调"和"承诺恐惧症"这样的词能将场景中任何足以引发读者情感共鸣的因素都消灭殆尽。事实上，各式各样的行话在此处亦相当有用。如果你知道任何意义不明的捕鲸业术语或八十年代中期电子游戏"地牢大师"的专用术语，不妨将这些词加进你的小说，否则绝对是个巨大的浪费。

---

① 心理呓语（psychobabble）：在交谈和写作中肤浅地滥用心理学和精神病学概念和术语，尤流行于二十世纪六十年代嬉皮士群体。　编者注

如果有一些已知的陈词滥调老套路，那就赶紧照着写起来——你有一整本小说要写呢！如果你一定要对自己发明创造的能力进行一番训练，那就尽量往怪异的方向写：溪流带着"年轻男子撒尿的力量"冲刷着石块；激情似火的男子仿佛"赫鲁晓夫在联合国"①般与妻子亲热。

风格的问题颇为复杂，所有这些指引似乎也不免夸张。但只需简单参照以下示例，亦步亦趋，呆板乏味、晦涩难懂、毫无意义的文风便即刻为你所拥有。

---

① 赫鲁晓夫曾在联合国大会上用皮鞋敲打桌子表示抗议。——编者注

第八章

词语和短句

白兰地？赐予游侠骑士卧榻！蔓越莓！蔓越莓！

　　小说用某种语言写就，语言由各式词句组成。一直以来，写作者都对词句心怀感激，因其具备与读者进行思想交流的功能。然而有些作者并不明白，达到交流目的的前提是双方对词句的含义顶先达成了共识。这一点简单且至关重要，如果作者对此漠不关心，便会犯下各式各样的错误。

河 豚

炫耀自己的词汇量

　　他的父亲是爱尔兰共和军，母亲是魁北克人，两人在那场血腥的战争中解脱了尘世烦恼，原本将彼此相连的分裂运动"爱与魁"也就此终结。先人赐予他的名号是雷·欧瓦克（他总会以刚毅的眼神紧盯对方，盱衡厉色，严正声明，此乃"如同电池"之意），不过，在身陷囹圄的这些年中，他因对鱼类的特殊嗜欲而获得了"鱼白大叔"的诨名。

挣脱缧绁之苦已有三周，他缓慢但不屈不挠地跋涉，如今终于来到这一片边陲之地。他要在极北严寒之地请求宣誓断案[1]，他心中的万古寒冰与苔原的永久冻土层方可比拟。他悄悄潜入商队客栈，其中囊橐萧然之惨淡状况令他更觉无望。正在洗濯吧台尘垢的酒保却蘧然惊起，目光炯炯，脱口而出："鱼白！"

初涉写作的人常常坚信，真正的天才只会使用藏在字典最阴暗角落内最为遥不可及的生僻词，且是既然被拿出来见光，不成群结队就不能存活的那种词。

对不起，这不是写作，这是炫耀，没人喜欢看别人炫耀。

当然存在一些只适合用于书面，而不会出现在对话中的词（"我迷惑不解地说道"），但是引人注意的生僻词会将读者的注意力从故事上移开，令其脑中不时浮现出作者查阅同

---

[1]　宣誓断案（compurgation）：被控者宣誓说明自己不负法律责任，同时若干支持者宣誓证实其誓言，被控者从而免责。——编者注

义词词典的场景来。要是在作者的同义词词典和读者的字典之间展开了一场你来我往的乒乓球赛，那可就糟透啦。

如果读者不再对你的解密词汇表怀有惊奇之心，更糟的是这些词在他们眼中与一串毫无意义的乱码无异，那么你的故事就对读者失去了吸引力。

这并不是说让你束手束脚，只许使用小学五年级学生看得懂的词汇表达。让某些读者偶尔翻一下词典也没什么错。不过，使用生僻词的唯一正当理由应是此情此景下传情达意的最佳选择只此一词。通常来说，用"广厦"并不比用"大楼"能提供给读者更多的信息，这么做不过就是告诉读者你知道"广厦"这个词。

暮光手包

借用人家的词汇来炫耀

亨德森玩弄着梅林达比基尼的开端，冥想着自己的设计。"这么快就睡着了？"他吃吃一笑。从自己的纵帆船上下来之前，他往她的饮料中垂涎了无味道的药，所以她才昏睡了过去，对此他当然心存警觉。他呼吸粗重，哀号着将她的比基尼放到地上研读，又将自己裹挟到她那乐善好施的胸口去。

他从这个天真延长的女孩处撤离无数次，她一

个也没怀疑，只是以"密歇根式"瘫软在地。"你
一定能卖个好价钱。"他出声，将她气味强烈的后
肢攥在手心。

用一些读者不认识的词不可取，但至少还有道理可讲。
但如果用你自己也不认识的词，就让人不知道该说什么好
了。不从事写作的人可能会对此感到奇怪，坦白讲我们也不
时感到惊讶，总有人屡屡用错词，频率竟然高得惊人。

如果预备使用的词你只见过一次，你也懒得查一遍字典
确认其含义，那么你很有可能搬起石头砸自己的脚。

用词"接近正确"，或者"看上去跟正确的词非常接
近"，等同于"差一点就会说这门语言了"。你可能觉得偶尔
犯错无关紧要，但是，你的用词相当于小说的衣着，把"难
以置信"说成"不愿相信"无异于内衣外穿走进会议现场。

我们无法得知你会错用哪些词，因而没法给你提供一张
列表。不过我们这儿有个小测试，每当你对某个选词没有把
握时，可以测一测。

小测试：我认识这个词吗？

问自己："我认识这个词吗？"如果答案为否，
那你就是不认识。

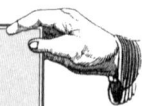

短期的解决办法是始终使用你确定自己认识的词。对着饱读诗书和爱挖苦人的朋友，你能毫无顾虑地说出而不怕被耻笑用错的那种词，就是你确定认识的词。

如果这么做让你感觉能用的词汇少得可怜，那就不存在什么短期解决办法。唯一的途径是静下心来多读一些书，拓宽阅读种类，以期扩充词汇量。你的阅读可能仅限于自己喜爱的作家的作品，或者局限在某一类型、亚类型的书籍。把网撒得大些，收获也就多些，如此你的词库自然会丰富起来，虽然速度是慢了点儿。

发出咿轧音的遮阳伞

聪明反被聪明误

两人在对苍翠圣坛的绕行中暂停下来，饶有趣味地注意到一对"双犬"（上下重叠的两犬）正在杜鹃丛中以四四拍的节奏尽享鱼水之欢。两犬奋力表演，其动感与韵律让贾斯珀和贾斯珀利亚两人近乎痴迷地驻足观看。

"好一曲春之祭。"第一名智人引用道（称自己为"智人"，缘由是他刹那间意识到，该称呼能将自己两足动物式的自负与四足杂种犬们旁若无人的泰然区分开来），"斯特拉文斯基广为人知的妙语。"

"啊，妙哉妙哉！"他那女性人类同伴兴高采烈地惊呼道，口中哼唱着乐曲片段。她那阳刚气十足的同行者此时注意到，自己的注意力已经自在地放到了她那虽不硕大却生得完美的乳房上，好一幅盛世美景。智人确实也像犬类一般偶尔展现欲念。

有些作者好像非得跟奇形怪状的词过不去，不仅如此，还得用这些词玩把戏。对于这种作者来说，再怎么花里胡哨也不为过，再隐晦的双关语也还嫌不够。

《摇滚万万岁》中的奈杰尔·塔夫内尔曾经指出，聪明与愚蠢之间有条分界线。此话值得铭记。你越想表现得聪明，在靠近分界线时积攒起的动量就越大，也越难发现自己何时过了线。

技巧娴熟的作者有时会用夸张华丽的写法达到绝佳的效果，但即便是最为成功的作家，大多还是会避免花哨的写法。写作不是花样滑冰，不用借助炫耀般的花式技法在比赛中取胜。华丽的行文更适合作为某些作家的个人癖好，而不该是所有写作者追求的至高顶点。

透明的父母

作者们常说自己的小说就好比自己的孩子，你自然希望小说像孩子一样有着良好的表现。当小说面世时，你希望能为其感到骄傲。但是身为作者就好比身为父母，你必须知道小说有其自身的需求，且并不等同于作者自己的需求。

没错，你希望自己儿子对待女人的方式反映出他与母亲之间的亲密关系。但如果哪个女人每当跟你儿子同床共枕时就被迫想起这种关系来，那一定有哪儿出了大问题。

风趣幽默或辞藻华丽到让读者从小说中抽离出来的那些段落不是作品的特色，而是一种缺陷。事实上，每当你想要展现自己的聪明才智时，停下来想一想，这究竟是为了写好小说，还是为了表现自己。这是个好主意。

如果你做出任何牺牲小说以求把读者注意力转到你身上的事，那你就当了回糟糕的父母。

这句习语能用吗？

写错常用表达

作为时尚记者，赫伯特·胡维是精灵中的精

灵。当驻外记者期间，他花了六年时间来磨炼自己的新闻嗅觉，同时也是一名极难与之相处的同僚。在束手无策时，他通常不会相信任何人。当准备放脚一搏时，他总会确保自己已经查看清楚情况。然而他遇到了自己天生的绝配——时尚设计师王薇拉。

　　她正如他想象中那般美丽，身段曼妙，皮肤有弹力。他视她为掌上明烛。赫伯特，或者说赫伯尽量抑制住自己迫不及待的心情，但她是那么秀色可吃，况且他那套男人的诡计根本敌不过她的猫咪叫唤的声音。

　　当她打开门，开始两人的第二次约会时，她那耀眼的风采令他眼前一亮。

　　"去你那还是我那？"她问道。

　　"问得好。"他说道，考虑着该如何作答。

　　我们说一个人说某种语言时像在说母语，意味着此人学会了使用习语。与此相反，如果你总是用错习语，在读者看来你或许来自异域，更有可能来自外星球。写错单个词会显得读写知识不够，写错习语就会让人觉得你压根不会这门语言了。

　　如果没法在字典中查到这些习语，你该庆幸自己身处的时代：利用搜索引擎能够搜索一切。对一个习语感到不大确定时，尝试利用搜索引擎查看一下其他人的用法。如果结果显示该习语的点击次数还不到一千次，可能就是其中的哪个词出错了。

如果你想着"我不可能每次都这么去确认一遍"，那估计你已经犯下了太多次这种错误。由此带来的问题是：

太熟悉反而不当回事

过多依赖老套的俗语

她向他献上一个甜美深吻，随即倒入他强壮有力的臂弯，整个人神魂颠倒。她心中小鹿乱撞，脑子乱成了一锅粥，这个方下巴男人紧紧抱住她，直把她迷得七荤八素。"亲爱的，我永远都不会让你离开。"他发誓道。

她两条腿瘫软无力。在这个西班牙人火辣辣的攻势面前，她毫无招架之力。他就是她梦寐以求的那个人。

远处传来枪声，顿时将静默打破。就在昨天，她还会被这种事吓得找不着北。但现在她已经发现，在这个政府无能的国家，生命廉价得不值一提。梅林达打心眼里觉得自己永远无法在这儿找到归属感，但她愿意陪伴在这位拉丁情人身边，只因他把她的心偷走了。

俗语之所以成为俗语，固然有其原因。每一句俗语都曾经是一种令人耳目一新的表达形式，因其在表达某种意思时足够生动形象，而成了语言中的固定用语，很多情况下还被当成单个词来使用。有些固定搭配完全为人所接受。要是形容某个人"迷死人"，听者完全能准确把握其含义，而不会产生误解。

然而写作中其实存在一个临界点，如果你频繁地使用现成短语，一旦越过临界点，就会削弱作品的生命力。人们对这些短语太过熟悉，其中的每个词甚至都不再具有原本的意思。看到"美得像一幅画"这样的语句，我们脑中并不会浮现出一幅画来。从最有利的角度来看，这句话也不过等同于单独一个"美"字；而从最糟糕的角度来看，这就是言之无物。

老套的表达还有另一个潜在危险，即用词所涉及的对象与实际使用场合过于接近，从而产生歧义，让读者一时产生困惑，甚至始终都弄不明白：这究竟就是字面上的意思，还是一种比喻？比如说，如果你要形容某个角色老爱唱红脸，就不要把他的身份设定为戏曲演员。

这个爱探索的人知道，他这一路上都要摸着石头过河了。

那个病人吃错药了吧，一整天都奇奇怪怪的。

最后，因为俗语的传播建立在迎合普罗大众趣味的基础上，其含义一般比较粗俗直接，不适于精确传递情感，或表达微妙的含义。粗线条式的俗语最好还是留给耳熟能详的场景或事物。当描述关键情感和重要行为时，以及任何一种读者想要深入了解其细节的内容时，要尽量避免使用俗语。如果你还是用了——那真是糟了！

你一定打心眼里觉得这是句真话。

我是说真的!! 这很重要!!!

疯狂加标点予以强调

男人真是让人难以捉摸！杰克起先表现得那么喜欢她，但现在梅林达不知该怎么想了！有天晚上她在小巷子里碰见他，他正跟一群同事在一起，看上去那么冷漠，而他那几个同事也都**好粗鲁！！！**

往废弃码头边约好的地点走去，她心想，自己或许正在做一桩错事。她怎么知道他是不是想着什么——什么——无礼的事？天色暗了，出入口尽是放荡的女人，浓妆艳抹，一身廉价香水味。她厌恶那种女人，那种把本该只属于自己丈夫一人的最最**神圣宝贵**之物轻易出售的女人！

突然！她看到了杰克，**她的一颗心顿时融化**——原本冰冻的心，在炽热前瘫软下来。"杰克！是我！看到你好开心！"她喊着，朝他飞奔而**去，一时任何疑虑都被抛诸脑后**。

感叹号是最常被人滥用的标点符号。尽管逗号常常散见于未出版的原稿，还有不必要的长破折号也四处泛滥，不过最为人所诟病的还是感叹号的滥用。

我们理解你写小说时的激动心情，然而真要用感叹号的情况却是少之又少，即便有，也都是在对话中。甚至在对话中也要尽量少用，一旦用了，通常表明角色正在咆哮。以下便是感叹号适用的场景：

他万万没想到，电梯门一打开，一只老虎咆哮着猛扑上来。

"啊啊啊！"

由于被过度使用，感叹号的强调意味逐渐淡化，到最后跟句号的效果也差不了多少——区别在于每当读到句子末尾，看到感叹号就像被书木伸出的手戳了一下眼睛。由于功能还在，感叹号的存在更像一种额外的负担，逼着读者对每个感叹号都要有所反应。这样的书写看上去就像疯狂挥动双手，绷紧每一块肌肉让读者相信所描述的行为的重要性。当所描述的并非重要行为时，这看起来就有点古怪，又太随便了，就好比为每一个"这"字都加上下划线。当描述的行为确实重要时，感叹号就像许多条减速带，让你的故事暂停下来，把读者的注意力拉到了标点符号上。

除非为了表现突如其来的人身伤害或者巨大的震惊，你想在其他几乎任何场景使用感叹号时都需要多加思考。如果你还是要用，就再想一下，想到把它删掉为止。

其他一些在排版上表示强调的常用方式——斜体、全大写、粗体——同样也要慎用、少用、别用。

与此类似，有些作者要么是想展示自己对于十六世纪英国文学那令人钦佩的丰富知识，要么是对德文的形式情有独钟，他们会把重要名词或其他任何显得重要的内容的首字母大写。（有些作者热衷于当下时兴的自我意识和反讽意味兼具的大写风潮，我们劝导的对象不是他们，而是那些认为"爱"与"荣耀"这样的字眼因永恒珍贵而理应首字母大写的作者。）

当代英语中有许多特定用法需要首字母大写，幸运的是在许多印刷体例指南中都可以找到对此的解释。

第九章

句子和段落

虽然杰森似乎曾经是受宠者中的一个，如果有受宠者的话，
他也不是。

　　作者常常发现，词语和短句在组织成句子时能最大限度
地发挥作用。再加上从词语到句子，复杂程度呈指数增长，
你犯错的概率亦已惊人飙升。以下每一条技巧，都能令你的
稿子走上无法出版的道路。

极简主义

用列提纲代替写作

　　迈克用金属棍砸他，那人倒下死了。迈克意识

到自己犯下了谋杀罪，便匆忙离开。他迅速驾车往酒店开去。他在酒店坐下，想好了接下来该怎么做。他给女友打了电话，让她把他的东西打包好。警察发现了尸体，根据金属棍上的指纹确定迈克为凶手。在警察追过来之前，迈克和女友登上了去欧洲的飞机。到了欧洲，他们前往乡下，决定用女友的钱买一幢房子。"我还要把枪。"迈克说道。他们把想买的都买了，还有食物。然后他们换了欧洲名字，在那儿安顿下来。这就是过去的故事。

这位作者为了达到一种简明而经济的方式，写出了一份警方报告般的东西。如果你只花了煮个溏心蛋的时间来写上一页，也难免会写成这样。

一部小说需要依靠足量的细节来让故事鲜活地呈现在读者脑中。在真实生活中，现实的世界毫不费力地存在着，无须借助任何人的帮助就能为人所见。而小说的世界如果不加以描述，就不存在。

这并非意味着你要全方位描写所有角色衣着及无关紧要的动作。每部小说都会在概述与场景描写之间来回穿梭。然而，你不能仅仅勾勒重要事件的轮廓，加入一些关键对话的摘要就了事。那些重要事件和关键对话需要在一个描绘得栩栩如生的环境中，于读者面前实时上演。

喜欢以基本元素概述的写作者常常辩解说，他们这么写是因为他们自己就厌烦读到描写片段。这些作者似乎没有意识到描写语句对他们所喜爱的小说起到了多么重要的作用。只要处理得当，描写语句不会过于扎眼，且能赋予小说实质内容。描写语句就好比人体内的脂肪：过多则于健康不利，一分也无则生气全失，空余一副骨架。

配料表

列表式描写

起居室有一张沙发、一张扶手椅，以及一台电视机，这电视机带有安在特制架子上的内置式 DVD 播放器。房间有两扇窗，窗帘拉开了。室内铺有地毯。

动物园里有关着动物的笼子。人们从笼子前走过，观赏动物，互相交谈。园内也有买零食的地方。出售的零食包括热狗、汉堡包和薯片。

色情影片的拍摄厅里站着赤裸的演员：三女一男。还有两名演员正在床上交欢。几个穿着衣服的人在为他们拍摄。角落里有张桌子，上面有几张纸，还有一张写着信息的公告牌。

　　有时候作者原则上明白描述的必要性，但没搞清描述与列清单的区别。对于一个激情场面，作者竟然给了角色和床相同比重的描写。

　　这类型的作者也总会将关注重点放到那些描写背景时必然会写到的寻常事物上，而不去注意能够彰显该起居室主人特质的少数几样物品 —— 被翻阅无数遍的洞穴探险杂志，从沙发下方探出头来的沾血狼牙棒。我们大可认为读者本就知道动物园笼子中关着动物，然而要是写到有只长满疥疮的老虎绕着假木桩发狂似的打转，写到动物管理员被猴子偷了雪茄就用乌克兰语骂个不停，你就写出了该动物园的与众不同之处。

累赘的同义反复

一再重复

　　斯马瑟斯船长如今已是一个满面皱纹的灰发老头，他止沿街走去，参加每周一次的牌局。通常他会在路上碰着卡茨，果然，他在路上遇到了迎面走来的老朋友卡茨市长。卡茨跟他一样老。这是一个寻常日子，他们通常会约退休的海军少将乔特斯玩一局军棋。三人都是退伍军人，每个周日都会玩这种在爱尔兰叫"神父的喜悦"的纸牌游戏。自从建立起这一传统，三人从未有一次失约。卡茨走到斯马瑟斯身边，打了个招呼："你好！"他对斯马瑟斯表示欢迎。

"你好。"斯马瑟斯回应道。卡茨上了年纪，到了做祖父的年龄，他穿了件干净的衬衫，长裤新近熨烫过，蹬着一双鞋子，一如以往的干净整洁。相比之下斯马瑟斯的衬衫就皱巴巴的，是该好好熨一熨了。他从来不像卡茨那般整洁，总是乱糟糟的，尽管他和卡茨一样都曾在军队服役，不过现在两人都已退伍。人们总以为当过兵的男人会养成整洁的好习惯，然而斯马瑟斯不知何故并未如此，反而一直以来都邋里邋遢的。两人拐进咖啡馆，乔特斯早已以笔挺的军姿端坐在椅子上等候他们，他背部笔直，一丝不苟。后到的两人各自坐上椅子。他们来了多年，侍者早已知晓他们会点些什么，三杯啤酒立马送到这三位军中好友斯马瑟斯、卡茨和乔特斯面前。

如果某一要点在前文已经提到过，请抵制住诱惑，可别没忍住又提上一遍。不要以华而不实的方式再表达一遍，不要让角色在对话中对此进行再次确认（"卡茨，你还是那么干干净净！"）。这一要点值得　说再说：不要反复重申。

如果在第一页，你提到主人公身上有个闪电形状的奇特疤痕，稍后又通过再次提起此伤疤来提醒读者的话，这种做法合情合理。但如果在同一段落中再次提到伤疤，这么做不是在帮助读者记忆，而是挑战其耐心。（当然，该准则并不适用于专门描写角色个性特征的段落。）

类似的写法还有"灰色大象"，或者"有着地板、墙面和天花板的长方形房间"。用所有大象都具有的特征来描述一头大象，这么做非但无法完全吸引读者的注意力，反而让人昏昏欲睡。"一头被吵醒而狂怒的大象"颇具画面感，"一头灰色大象"则很是啰唆。

诉讼案情摘要

官僚语言占主导地位

自从初次沟通，因为具备表达与日俱增之感情的能力，两人感觉到相互间的联系愈来愈强。她最初在杰克身上感受到的冷漠感日益弱化，取而代之的是深切的亲密感。他展现出表达快乐的能力，同时蕴含了一部分柔情。在不断发展的亲密感中，梅林达起到了关键的作用：她无视自己对于男性成员的负面假设，并且向通常被称为"信任"的负面包容力赋予特权。她的做法被证明是必不可少的。

　　终于有一天，杰克向梅林达表达了与之建立婚姻关系的愿望。这一求婚举动于梅林达而言并非意外，她已决心给出肯定的答复。他坚持要在婚礼之前度蜜月，她对此的热衷程度及不上他。然而，他更多地表达了对在老家水岸办一场仪式的意愿，而对上述异于常规的顺序安排并未多做解释。"好。"她答道，此时他正领着她走下码头，登上他的船。"我对你的需求颇有共鸣，毕竟我们已经在多个场合有过交媾行为。"

　　"梅林达，你令我更加确定，你就是我人生伴侣的最佳人选。"杰克兴高采烈地说道。

　　法律措辞、官僚语言以及心理呓语正对业余水准的小说造成愈来愈严重的破坏。人们写了多年商务邮件，填了太多申请表，告了多回邻居，作为小说作者初出茅庐，写了一段恋爱场景，结果读起来好像出自象征权力的伍尔坎火神之手。他们把精神诊断用语混上纳税申请表用语，再用复杂烦琐的词来上一场豪饮狂欢，而这些词不过就表达了一个意思：好。作者为使用生硬而不切实际的官僚语言做出了长久的努力，从而说服自己如果要在写作中展现聪明才智，就得写得平淡无趣，写得毫无生气。

　　如果遣词造句时，意孤行地无视语句的真正含义，那你

写出来的东西必然实在令人难以消化。（参见第119页的《暮光手包》）

令人垂涎欲滴的世界一流文案

行文更适用于广告

世界著名投弹手及花花公子莱纳斯·华平步入其空间宽敞、陈设考究的公寓房间。刚走到手工制作的精美窗户旁，他顿时被壮阔的拉维什河风光所吸引，那无与伦比的胜景令他无法将视线挪开。雷吉纳德的女友是光彩照人的模特及演员瑞恩·韦斯特，两人刚刚乘坐头等舱度假回来，行色匆匆。身处上流社会奢华的活动场地，坐享五星级豪华酒店的一流设施及水疗服务，国际大都市达里恩精彩夜生活和奢侈品购物的核心区域正位于此。雷吉纳德看向眼前一席令人垂涎欲滴的盛宴，毫无疑问，这一切都衬得上他的最大野心。

摆在广告文案撰稿人面前的任务与你这位小说作者面临的工作截然不同。通常来说广告文案只能依靠短短几行字，且仅有短短数秒时间来抓住读者的注意力。因此，广告文案发展出了一种信息高度集中、人工痕迹颇重的语言形式，与我们一般观念中的写作大相径庭。如果说小说是酿造了多年、滋味丰富的葡萄酒，广告文案则是人工合成的浓缩葡萄味香精，之所以仍被冠以"葡萄"之名，是因为人们习惯使然。而这种过于直白的东西你只要多喝上一点，就会恶心得想吐。

　　书籍护封上的描述性文字通常更像是广告，而并非小说文字。它们仅属于护封这个位置，仅行使其吸引过往行人注意力的职责。如果在书本内部发现了这种文字，读者的反应必然就如同看到电视广告，转台在所难免。

注册商标 TM

　　从七十年代末期及八十年代初期起，以斯蒂芬·金和安·贝蒂为代表的作家发展出一种常被称作"大超市现实主义"的写作风格。此前的美国小说普遍将品牌名当作一种肤浅且转瞬即逝的细节来使用，与文学属性的永恒与超然形成对照。大超市现实主义小说将这种趋势抛在一旁，转而发现，在小说中提到西尔斯家具或优尼特酿酒品牌能够行之有效地展现出美国当代流行文化的氛围。然而趋之若鹜的写作者有时对此产生误解，往自己小说中胡乱塞入了购物清单。写作时使用品牌名能够切实有效地传递信息，前提是该品牌名确实含有信息（"他把厨房全拆了，然后全部换用酒店级的'零下'牌制冷设备，他从没

用过这种高档货"），而不能只是个无甚特别的品牌
（"她把面包放进通用牌烤箱"）。

喂，我得走了

小说中的时间处理不当

晚餐设在顶楼的豪华餐厅中，能够边进餐边俯
视下方波光粼粼的水湾风光。两个富到难以想象的
罪犯正就着削成块的松鸡肉大快朵颐，鲜美的肉蘸
上一点黑酱汁，随后还有可口的冰激凌。

"这味道棒极了。"我们只知道说话这人是"来
用晚餐的客人"，他风卷残云般吞下这几道菜，甜
品也没放过。他擦着嘴说道："不过我想跟你谈的
那桩生意——"

"嘘！"将人命玩弄于股掌之中的冷酷雅克·"鬣
狗"·德里达将手指放在嘴唇上，让他别出声。"我
们到别处去谈这事。"

两人在公园长椅上坐下。"啊，这个时节的水
湾真是漂亮，不过比起上次在美国某个夜总会爱上
了你的那个姑娘来说，还是差了一点儿。"来用晚
餐的客人边点烟边讥笑道。

鬣狗一时语塞，过了好一会儿才说道："你怎么知道的？"一边细细品尝他那支比利时雪茄的滋味。

来用晚餐的客人的烟抽完了，他摁灭烟头。"我的修士。"他的法语不大准确。接下来，在告诉雅克自己会在某种情况下饶恕他之前，他把自己布控下复杂监视网络的事都讲给了雅克听。

要让小说中的时间按现实中的步调前行是一件困难的事，但其实存在一些简单的因素可以将动作限定在实际可能发生的范围内，这一点却被很多作者忽视了。当角色朝墙面扔球时，常常会穿插进一段关于税制改革的独白，角色观看飞机划过天空的整个过程，然后才接到了球。时间的织物早已被挤出一段皱痕，角色却对此浑然不觉，这种情况实在太常见了。同样常见的问题是瞬间移动。上一行中角色还在波士顿乘车离开，下一行的对话就已发生在克利夫兰市，中间没有丝毫用来填补空缺的东西。

如果你使用"当……的时候"或者"在……的同时"，确保所描写的事可以同时发生。主人公用牙咬着绳子，同时还大叫着反抗坏人，这种有些牵强。此外，不同动作发生的时间段顺序无法匹配也是不太容易被发现的问题。比如，"当他的头发再次长出来的时候，一直长到了齐肩长度，乔使用了保湿剂"。

小说里的时间不像现实生活里的时间。在小说中，重大事件会放在真实时间里来描述，甚至用慢动作来展现，然而叙述中的非关键部分会被粗略带过。描述一场耗时的晚餐只用几句话，一个简短的暴力场面却占据几个长段落。通常和有必要提及的晚餐（网球赛或者到新奥尔良的驾车旅行）搭配的词是"在……之后"：在晚餐之后，他们坐在酒店的大堂里讨论液压系统新领域。不久讨论变得激烈……这句话将场景切换到内法罗被摔到地上，被迫吃头发——当然这个过程会被详细描述出来。

一根像老二的香肠

不合适的比喻

她的鼻子像只栖息在她脸上的海鸥，弓起双翼露出两只轮廓鲜明的鼻孔。鼻子下方的嘴唇极薄，似乎只有一个维度，好比弦理论中组成所有物质的基本单位"能量弦线"。她的眼睛像花儿一般蓝，皮肤被太阳晒成棕色，纯净无瑕疵，就像皇冠品牌的"沙尘暴"油漆样品。曾经人们相信地球是平的，她的腹部就有那么平。她行动时轻巧的模样就像一粒尘埃舞动在穿过法国大教堂着色玻璃窗的一束阳光中。她的胸部傲然挺立，好比一对锡兵。看

着她，他便有种强烈的冲动，想要将自己内心深处
的情感直接倾吐在她身上。他别开眼，看向天空，
落日像突然爆出的痘痘一般挂在天边。

无论是暗喻还是明喻，本体和喻体都要有精确的对应关
系，所用的比喻也要契合角色心情及当时情境。从某种程度
上来说，一个女孩是可以跟克莱斯勒大厦[①]一样美，但这两
种美的类型实在相差甚远，让读者一时没法将两者联系起来。
同样道理，鲜血从被割断的喉咙涌出时的样子是否和婴儿摔
倒在果汁盒上时果汁溢出的形态完全一致，这种问题不宜争
论。即便从外观上来看两者的确一样，但如果你这么写了，就
会分散读者注意力，令其不再着重关注你真正想传达的东西。

另一个常见问题是状如"蚂蚁搬泡芙"的比喻，即喻体
太大、太复杂，使本体相形见绌。这样一来就需要动用较大
篇幅来对喻体加以解释并介绍背景知识，等到读者在脑中
构建出完整图像，你花了大力气来描述的最初那样东西早
已被遗忘。如果喻体涉及例如量子力学、教堂历史或代数
之类的复杂概念，读者往往会知难而退。如果确实要用到
这些比喻，最好你的小说写的就是量子力学、教堂历史或者
代数。

---

① 克莱斯勒大厦（Chrysler Building）：位于美国纽约市中心的摩天大楼。——编者注

线性关系耸耸肩

未按特定顺序叙述小说

　　梅林达怎么也猜不到自己竟会在这个粗鲁无礼的恐怖分子的臂弯中找到真爱的感觉。她曾经全身心地信任某个男人，将自己最私密的档案文件都交付给他，他却把自己像个硬盘似的卖给了这个人。豆子还是太烫了，没法吃。在二十世纪初期，的黎波里曾是个小型商镇，山羊不仅出现在大街上，还会泰然自若地现身于新潮时髦家庭的波斯地毯上。变化太大了，梅林达真希望自己见识过它从前的模样。这心情就跟她对自己家乡马萨诸塞州怀有的感觉一样，自从科技大繁荣之后，那儿的人口翻了两番。"岩石上舒服吗，亲爱的？"艾尔海格轻声说道，一边将第三次约会时的酒瓶从沙上滚到她那儿。

　　这天晚些时候，政治煽动者、患白化病的艾尔本在牧民议会上举着苍白的拳头高声疾呼："安拉谴责异教徒的行径！首领的神圣政府万岁！"露天集市上空气干燥，充斥着异国鱼类和等待出售的娈童的气息。自从闹革命以来，政治系统以封地的形式趋于稳定，各封地忠于封地主人及其土耳其毡帽。颜色丰富的当地帽子正是以"封地主人及土耳其毡帽"命名，而同名的探戈乐队与此毫无关系，一想到这点，梅林达总是独自发笑。由上好蝙蝠皮制成的流苏在整个东方世界都颇受重视。

正如情节元素的流转必须符合逻辑，承载你想法的句子也必须一句句流畅地接下去。如果你想要转变当前话题，自然规律告诉你，有个方法叫分段。

这并不是说既然你在开头写道"豆子还是太烫"，就必须整段都在说豆子烫这件事。你可以用简单的几步，将叙述主题从用餐本身轻松转到与用餐相关的情感内容上去，还可以对利比亚与美国用餐礼仪的差别做一番讨论。

但也不是光分段就够了。如果一章中的每一段都涉及不同的主题，还得让读者自行关联起来，那读者很快就会放弃。包含在各个段落中的更大的概念也需要层层递进，环环相扣。

每当从一个主题转到另一个时，都必须用相互有逻辑关联的概念来推进其过渡过程。

以艺术的名义胡说八道

费解的抒情语言令读者望而却步

柔软的薄膜承载着他未成年时期的渴望，又如一口蕴含着原始力量的枯井，童午时光在其中号啕大哭。他再次看向照片，他猩红色的思维如蝙蝠般旋转飞舞，将孩子那精巧脆弱的模样融入记忆。美丽已迷失在指引他回来的痛苦之中。重回昨日的阴森泥淖，昨日吞噬昨日，如君主一任任地继位，如鳄鱼将奴仆献给象征迷失的法老王。他将自己拾掇成一团，丢弃那些好物——总是好物——以支持令人痛苦的元知识相关的东西，只是相关，并非其本身！只有"本身"才能令他得救，又或者是一无所知的漆黑状态令他在阴暗的页岩、花岗岩、玄武岩月球表面无力挣扎时彻底迷惑，如一群管状蠕虫般沉没，成群聚集在一个主出口处，随着深海洋流摇摇摆摆，它们那无用的愤怒色彩只为生来盲眼的鱼类所见。

有些作者坚信，既然像乔伊斯、福克纳这样伟大的现代作家写出的作品都如此晦涩难懂，那么写一些晦涩难懂之语必然能成就伟大的写作。这真是一种奇妙的想法。战士披上狮子皮便能获得狮子的强健体魄和敏捷灵巧，你的想法与这种信念有着异曲同工之妙。用上"如泣如诉"这样的词，再将主角遭受痛苦的过程比作将一串念珠烘烤成难以下咽的蛋糕，如此做法并不能让你的写作显出多少艺术性来。

我们在此提醒你，写作的目的是交流。

没有什么可以取代真实的表达，读者必须自行解读出你想要表达的内容，而不用私下打电话来问你究竟写了些什么。我们理解你的心情，你期盼着编辑打来电话问你的小说讲了些什么，然后被你的才华深深吸引，当场一口气签下七本书的合约——我们确认过了，这种故事永远不会发生。如果平均水平的读者都无法理解你的小说，这可不是什么荣耀，而只是你的唯我主义，而且我们也敢保证你的小说并没有多大的意义。把语句修改得明白一些吧，即便这么做与你诗意的抒情天赋相违背。

最后还得多言一句以防没把话说清楚：狮子皮的例子不会管用的，别打狮子皮的主意！

痘痘大爆发

作者读了太多的布可夫斯基 [1]

他薄薄的紫红色头发下露出片片剥落、斑驳发红的头皮，油腻的发缕黏在受感染的皮肤上，看着令人生厌。皮肤上黑痣凸起，丘疹遍布，色泽暗沉，显示出肝脏的不健康。他身后的墙上粘贴着从粗俗的色情杂志上撕下的几页内容，几年来早已油

---

[1] 查尔斯·布可夫斯基（Charles Bukowski，1920—1994）：德裔美国诗人、小说家、短篇故事作家，其作品多描写处于美国社会边缘的穷苦百姓的生活。——编者注

迹斑斑，沾满了蟑螂尸体的污渍。他一说起话来，棕黄牙齿间散出的一股恶臭让米西不住退缩，几乎作呕。这股恶臭似乎源自他肠子的最深处，也许正是多年便秘的结果。他每讲一句话，凝结不动的粪便就仿佛被搅动了一下，一丝幽幽的气味随之飘散出来。"那要一美元呢。"他说道。

"谢谢。"米西说道，"不过我能再来一点奶酪酱吗？"

有特定一类的作者，总爱写一些肆意放屁、大打喷嚏、个人卫生状况要以微生物学来加以描述的角色。每一个场景的背景都是成堆腐烂的垃圾，老鼠乱窜，蟑螂泛滥，主角亦在其中寻得乐趣。最让人不适的是主角及其恋人仿佛置身于关于维多利亚时代医疗状况的博物馆。

令人恶心的细节固然有其价值所在，但也不该无休无止地使用。大多数读者会觉得这些描写很恶心，你的角色很恶心，你的小说也恶心，再进一步对你产生了深深的怀疑。如此进程最终带来的可不会是丰厚的约稿金。

令人恶心的场面必须限定在那些理应让读者产生不适感觉的场合。发生于阴暗潮湿地下室的恐怖场景令人作呕，这种安排自然无甚大碍。可如果小说中的每样事物都让人作呕，读者必定会转向更为健康的精神食粮。

尽管你从初中校园里学来了不少知识，但请听一句最后箴言：令人恶心的东西本身并不幽默，其中也没有幽默的成分。法雷利兄弟电影中的笑料之所以能让你一再发笑，是因为其中含有真正的喜剧元素。

泥营改在那里

作者以为读者能够理解

乔现在的感觉如此不同，一种无法抑制的强烈感情在心中涌动。他坐在悬崖边，看着下方的景色。完美，一切都那么完美。蓝天映衬高山的壮美景象他从未见过，空气的温度也不冷不热恰到好处。

回想刚刚度过的一周，他发现自己的亲生父亲竟然是巴林顿·休考特，是世界上最有钱、最有趣的人！他叹了口气。这真是太酷了，想想都觉得难以置信。巴林顿是那么优秀的一个人，因为他说的话好听，做的事更是漂亮。也许是因为他拥有了那么多好东西，又也许他就是这么棒的一个人。

巴林顿如此慷慨当然也是一件好事。他给予乔的有些东西是无价之宝。从现在起，乔就要住在一个非常棒的地方了。也许他还将找到真心喜爱的女孩，一个正合他心意的酷女孩。

　　他最后看了一眼那完全无法描述的景色，起身往回走去。有时候生活真是充满惊喜啊！

　　通过角色的反应来展示小说中的世界，这种做法自然是可取的，但我们依然想要亲眼看到这个世界，而不仅仅通过角色的反应来了解。如果角色的反应对读者来说的确有意义，那反应本身必须被描绘得栩栩如生。"太棒了""吓人"这种词不是描述，"可怕"和"恐怖"也不算。"无法描述"这样的说法除了表明作者的无能为力，没能传递任何有效信息。

　　对于安德鲁·劳埃德·韦伯的音乐剧，角色仅仅觉得"可怕得要命"是远不足够的。我们必须要知道它跟其他音乐剧，或跟韦伯其他同样"可怕得要命"的音乐剧区别在于何处。究竟是什么让你的角色留下了如此印象？是翻筋斗的猫？是轮滑者扮成的小火车？所有类似细节综合起来，向读者传达出一种冲击力十足又难以言传的可怕感受，这比起单独一个词"可怕"要清晰多了。表达感受的词可以在描述语言中使用，但永远都不能替代描述本身。

第十章

对　话

"与此同时，朱迪甩甩她迷人的头发。"
密歇根来的风趣男人反驳道。
"但我不懂为什么我们都像之前讨论过的机器人那样说话。"
朱迪突然接话道。

　　对话让读者对角色有了直观感受，通常来说，对话是作者对角色话语的直接引用。如果角色的话语具有真实感，角色的形象亦会显得真实鲜活。

　　因此，你要不惜一切代价避免写出像是出自真人之口的对话。这看上去容易做着难，不管你多么小心，总能从写下的对话中嗅出熟悉的人类气息。所以我们收集了以下几条最佳技巧，助你写出莫名其妙的对话。

此人断言道

作者不屑使用"说"这个词

"那天天很黑，风暴又大。"他揭露道。"还有，我们离海岸很远，对海洋生物没有任何畏惧。到后来才证明我们错得有多离谱！"他补充道。

她问："那是只海洋生物？怎么可能？"她希望得到进一步的确认。

"是海洋生物。"他断言道，"但它经过变异，变得非常危险，比海洋里的其他生物要可怕得多。到了陆地上，"他出声，"它变得更巨大、肌肉更发达。真有意思，"他笑了笑，"等回到安全的地方，再回头想想，确实有意思。"

"有意思？"她质问道。

"好玩！"他揭露道。

"肯定不好玩吧？"她质疑道。

"你才知道点什么啊！"他声称道。

"胡说！"她反对道。

"我再也不想说什么了。"他总结道。"你变得跟有些人没什么两样。"他嗤之以鼻道。

在那些已经出版的小说中，为了表示某个角色正在说话，作者几乎只使用"说"这个词。"说"已经成为一个固定的常规用词，大多数时候读者几乎意识不到它的存在，这种结构上的隐身效果有助于维持对话的真实感。

然而小说无法出版的许多作者却不满于反复使用"说"这个词，总想着做一些技术上的提升，用一些与对话内容相关的动词来替代"说"。

极其糟糕的情况是作者因为想要避免使用"说"而用起了舞台指示说明。"'你，还有谁?'他下巴一伸，说道"被写成"'你好，'他一伸"或者"他扬起一边眉毛问道"被写成"'你要把那些都弄完吗?'他扬眉"。

这么做唯一的效果就是把读者的注意力拉到这些新奇动词上去，提醒人们注意，作者已经用尽全力避免使用"说"这个词。

当然，并不是每个场合都要用"说"字。问题用"问"，角色喊叫时就用"喊"，有时候对于某些朴实直白的对话，不用"说"字也有充足的理由。但要是为了给语言加点料，代之以"胡搅蛮缠道""叫嚣道""吵嚷道"这样的词，这样一来，你为了让对话显得更真实所做的任何努力都白费了。

那位迷人的男子说

对话给人的感觉由作者亲自告知

"什么东西破窗而入，带来一股鱼腥味，"大生会讲故事的人说道，"我们立马都躲到墙边，想要保命。"他惊恐万分地加了一句。

"是什么？口臭非常严重的小偷？"幽默的男孩问道。

"不是。"这位陌生人的话令人着迷，"不是的。"

"是条鱼吗？"女孩口才很棒。

"不！不是鱼！"男人的话语饱含韵律感。

不要试着操纵读者，不要为了让读者知道角色的对话很有吸引力、很棒、很可怕、很幽默而把这些特质一一宣告出来。如果对话本身并没有吸引力，你却如此声称，会让读者感到厌烦。即便对话中真的包含这些特质，一旦被指出，也会削弱其表达效果。

刚从为时三个月的北极探险回来的男人说

提示话位置不妥

"到最后只剩下灾难一样的场景。"差点被怪物吃掉的外国男人说道，在怪物的牢牢掌控下，整个辛辛那提正陷入恐慌之中。

"你妹妹死了吗？"吓坏了的书呆子孩子说道，这孩子一向惧怕大海，现在尤甚。

精瘦敏捷、满脸皱纹的狗粮分发员反驳道："死了倒好了，看看她都经受了些什么！啊，只有死亡能带来平静的忘却。"他带着回忆的语气，想起妹妹那张总是轻信他人的可爱脸庞，想起他在那个八月夜里听到的恐怖叫声，随后他那出生时被命名为埃格朗蒂纳，后来唤作艾吉的妹妹失去了往日的活力。

"对了，你叫什么名字？"名叫布鲁诺、爱打听的孩子问道。

"噢，叫弗雷德。"平常寡言少语、现在却唠唠叨叨的弗雷德说道。

长串的解释性语言不应出现在提示语中。大多数提示语由两个词组成："某人"和"说"。而不是"高大强壮的某人说"，或者"一直以来被母亲挑剔个不停以致胆小而郁郁寡欢的满脸雀斑的高个子某人说"。

"某人说"就足够了。

也可以用人称代词"他""她"和"它"来替代某人。

在几乎所有情况下，唯一可以添加进提示语的是与话语同时发生的简单动作，比如"……某人边说边给玉米煎饼涂上厚厚的蛋黄酱"。也就是说，与角色话语一同发生或前后发生的动作及所思所想可以被添加进提示语中。

在某些情况下，甚至可以用角色的动作描写取代提示语。

"有一座房子那么大！"弗雷德迅速喝下他的柠檬威士忌鸡尾酒。

"我什么也做不了！它是黄色的……黄绿相间的！"弗雷德避开姐妹们以掩饰自己的羞愧感。

除此之外那些更为复杂或相去甚远的信息就不大适合放在此处了。

"去你的！"他不敬地说道

使用毫无意义的副词

"我不知道你在说些什么。"他颇为困惑地说道。

"你看不出来里面的关联吗？那么绝妙的关联！"哈丽雅特难以置信地说道。

"好吧，不管是什么弄死了那头牛，那当然是个悲剧，"他悲伤地说道，"但这跟——"

"悲剧？你要说的就是这个？"她对他的表现大为光火，"这么一来我不得不怀疑你的智商了。"她疑惑地说道。

"也许事实上我要知道得更多一些，"弗雷德神

秘兮兮地说道，"不过你可以走了。我来这里不是
为了被你羞辱。"他轻蔑地加了一句。

　　"我很乐意马上离开，"她讽刺地说道，"我要
把我的理论说给听得懂的人听。"

　　有些刚开始从事写作的作者总为提示语加上副词，告诉
读者角色正作何感受，尽管角色的话语已经将这种感受表
露无余。还有一些作者一直以来被教导说，任何情况下都
不要为提示语加副词，副词出现在提示语中本身就是错事
一桩。

　　对此我们持中间态度。只有当副词落入不会使用的人手
中，文章才会变得惨不忍睹。毁了对话的不是副词，而是漫
不经心的作者。

　　被滥用的副词有时候不过就是一堆无用的废物，怕就怕
还让读者觉得角色像默片明星表演般夸张。不过，副词仍
然可以为特定句子所需，可以为对话加入重要的语调特征，
或更为精确细致地传递信息。"'我爱你，好吗?'他玩笑
般地说道"和"'我爱你，好吗?'他冷酷地说道"相差甚
远。但是请尽量避免写出"'我爱你，好吗?'他深情地说
道"这样的句子。

"讽刺的是，"我们讽刺地说道

讽刺的是，我们空出来写"讽刺"故事的这一天，正好是为了相亲提前熨烫衣服的那天。

讽刺的是，我们的相亲对象居然是我们在整个世界上最不愿见到的人。

讽刺的是，我们的相亲对象居然是我们在整个世界上最想见到的人。

讽刺的是，我们去相亲了。

讽刺的是，我们在相亲时一眼就识破了对方的假装。

"讽刺"作为一个词或者概念已被彻底延伸及滥用，无论是小说已出版的作者，还是出版不了小说的作者，对此都颇为熟悉，以致这个词基本上已经毫无意义，惯例般被用来表示一事与另一事产生了些许关系。

试试看……这很有意思！

讽刺的是，教皇竟然是天主教徒。

讽刺的是，这只熊对所有其他点心视而不见，只选择了熊爪面包。

"讽刺的是"常常可用"哇"或者"快来看看这

个！"来取代，而含义没有一丝改变。

　　我们本打算告诉你"讽刺"这个词应该怎么用，但既然书名是"如何写砸一本小说"，这么做未免有些讽刺。（你可以通过查字典来获取标准用法，在此推荐福勒的字典。）我们可以告诉你一点：完全没有必要告诉你的读者什么事很讽刺。"讽刺的是，这就是当初因他而怀孕的那只猫！"如果事情本身具有讽刺意味，读者自然会注意到。如果并非如此，插入"讽刺"一词并不会让事情真的变得讽刺。

袜子玩偶表演

所有角色都用旁白的语气说话

　　最后，训练有素的儿童侦探队破获了这起穷凶极恶的犯罪事件。勇敢的孩子们冲进工厂，发现成堆的丙酸盐提取物正要被偷偷加进牛肉产品中，此时几乎还没人怀疑，这正是人称"利女士"的狡猾贵妇给他们设下的圈套。

　　"这些丙酸盐提取物正要流入美国数百万无辜男孩和女孩们的家中。"布鲁诺向他无畏的朋友们解释道。

　　"我们难道不应该采取行动阻止这一切吗？啥

则从现在开始的两到十三年间，缅因州到加利福尼亚核心地带的所有孩子们都会呈现出烦躁阈值升高的状况。"快乐的托普西提出。

"更可怕的是整整一代人就这么长大了，终其一生都不知道他们的举止行为已经略微偏离正常轨道。"坏脾气的皮普说道。

"快点开始干活，我们才不会被人发现。"布鲁诺提议道。

正当他们把一包包的乌贼干往旅行包里装时，保安莫突然现身，仿佛刚刚从他终日辛苦劳作苦度移民生涯的曼哈顿区西头冲出来。

"停下你们手中的活，"保安警告道，"孩子们，我的枪正指着你们的脑袋。"

角色的语气必须和叙述者的相区分开来，很多作者忽视了这一点。结果导致七十岁的古典学教授、孟菲斯城外失意的拳击手和高级妓女这三种人使用了相同的措辞。他们的语气常常一模一样，均是正式又别扭，极不合宜，想必作者这么写是为了体现出某种文学性。

有些作者显然暗地里持有这种想法：所有的书写都必须显得比口语来得崇高。有些人单纯觉得很难把握住将对话写得真实自然的要点。要点之一便是使用缩略语，有趣的是，无法出版的小说中基本难见缩略语的身影。许多刚刚开始写小说的作者觉得缩略语好比交媾活动，在 1963 年之前都不存在，没人会用这种形式说话。其他一些人觉得任何一个取得了学位或乡村俱乐部会员资格，抑或是英国护照的人都不该使用缩略语。再有一些人，则是压根不知道缩略语的存在。

　　幸好我们身边处处是对话，多留心一点，通过高声朗读、用心聆听，很容易就能发现原稿中对话的不恰当之处。尽管对话与日常生活中的口语并不完全一致，但只有当其呈现出真正的交谈的感觉时，对话才能确实建立起来，否则便只能停留在无法出版的小说中。

隐形人的习俗

无法辨认出说话者

　　"但确定在基因上不可行吗？"

　　"可怕之处就在这儿。因为病菌在微生物层面上活动，一旦它进入到 DNA 引起变异，就没有什么不可能了。"

　　"但人生出来的是……"

　　"不完全是这回事。你们中有没有谁曾经问过自己，一个病菌是否能够长驱直入到人的大脑，在那儿存活好几年，控制宿主的举止行为，甚至为他选择穿什么衣服，哼哪首歌？"

"老天，他在说德国人吗？"

"不，是病菌！"

"这东西简直就是噩梦！"

"一点没错。"

"我们有多久的时间来……"

"小点声，我听不到他在讲什么了。"

"我就搞不懂我们为什么要听这个。"

"但那肯定不是发生在——"

"不是。"

"是的。"

"而且孩子们会继续生养——"

"但他为什么用手指弄那个？"

"如果你继续说下去，我就要把招待员叫来了。"

如果提示语不用来揭示角色的童年创伤，不表现角色在执法生涯中的起起落落，不动用各种不同的词汇来发挥其提示作用，那么提示语是用来干什么的？

提示语用来提示读者说话者是谁。没了提示语，读者很快就会迷失在一堆对话中，搞不清究竟是谁说了哪句话。

有些作者坚持省略掉提示语，他们对自己写下的对话信心十足，认为其鲜明反映了各角色的个性特征。即便没有提示语，读者也不会搞混。然而几番你来我往之后，读者很快就会弄不明白这句是谁说的，上句又是谁说的。一旦不带提示语的对话超过了一页的篇幅，读者保准要停下来往回看，一边去找最后一个可以辨明的说话者，一边心想着："要是这作者用了提示语，我现在就不会纠结于他为什么不用提示语了。"

另外，关于对话发生在何处，周围又在发生些什么，记得偶尔给读者一点提醒。光秃秃的对话会把读者拽入噩梦般的科幻场景：黑洞洞的容器内装满营养液，悬浮在其中的两只大脑正有如心灵感应般进行交流。

（如果你写的正是黑洞洞的容器内两只大脑心灵感应的故事，请继续。）

法庭书记官

将所有琐碎的用词都塞入对话中

"你好，哈丽特，"简边说边坐到了饭店的桌子边，"对不起，我迟到了。"

"你好，简，很高兴见到你。"哈丽特说道。

"你等了很久吗？"简焦急地说道。

"没有，别在意，也就五分钟。"

"那还好。"简放松地笑了。

"唉，我也迟到了，公交车太可怕了。"

"火车也好不到哪去，唉！"

两人笑了起来。简拿起菜单。

"你决定好了吗？"

"唔，'虾大道'看起来不错。"简专注得皱起了眉头。"或者'果汁联赛'……那是素食吗？我应该可以问一下。"

"简，我现在有点害怕那些生物大脑里的复合物会让它们做出奇怪的举动来。把那些东西当作蛋白来源可能会导致非常严重的后果……"

此时女侍应正好出现，过来为她们点菜。"你们好，想让我介绍一下这里的特色菜吗？"她愉快地说道。

"老天，这该不会是说……"

"恐怕就是这样。作者正准备把所有的特色菜都列出来！"

有些作者怀着一股写实的愿望，把现实生活中所有礼貌的寒暄和平淡无奇的细节一股脑儿统统塞进对话中。为了显得真实，有时候需要把现实撇在一边，别让你的读者只想着扯着头发把自己从你那无休无止、无人能忍的无聊日常描述中拖出来。

"但我想把生活中乏味的日常细节统统表现出来!"可能你会这么抗议,"而且现实中的人就是这么说话的。"一点没错,但进行乏味日常对话的人本身却不可能静静地坐着看完乏味的日常对话。作为小说家,你需要时刻抉择要往小说里放哪些,不放哪些。正如你不会在角色每眨一次眼时就提一回眨眼这件事,信息量极少的社交礼节基本上也不用放进小说。出于相似的原因,现实生活中的对话往往充斥大量"唔""嗯"等语气词,但小说中的对话要节制使用语气词。

适合于上述例子的开场白应该是:简迟了五分钟到达饭店,她边落座边道歉。哈丽特看上去很苦恼。"尸检结果出来了。"她说道。

别管我们

作者忘记了仍有其他角色在场

会议开始时,市长说了几句开场白。好巧不巧,简和艾伦发现两人竟并排坐在会议桌一头。简刻意不往他那边看。

艾伦掏出笔来往桌上一下下地敲,他知道这么做会让简受不了。

简盯住他。艾伦得意地笑。她突然一把夺过笔。

艾伦立马也盯住她,不过目光随即柔和了下来。

"简……"

"我不想听。"

"简，你不知道我心里有多抱歉吗？"

"你早点怎么没感到抱歉？还跟你表妹——"

"是远房表妹，好吗？"艾伦打断她，顿时将温和的态度抛诸脑后，"我没犯法！"

"随你怎么说！"她说道，"如果她再年轻两个月，你就是犯法！"

"要是你在床上多点热情，不要每次被我一碰就把什么受过创伤之类的玩意儿翻出来，那么你还能抱怨两句，"艾伦愤愤道，"你是受过伤害，我都明白了，好吗？亲眼看着自己父亲对弗拉菲施暴的确很可怕，但那都是二十年前的事了，早该过去了。"

简气得直摇头："信了你这个新纳粹分子，我活该！"

"没错！怪就怪我的信仰！"艾伦攥着拳头直捶桌子，鼻孔里呼哧呼哧的，"你和你那群犹太人朋友就喜欢我这种爱国者——"

"闭嘴，艾伦！闭嘴！"简疯狂大叫，抓住他的领口直晃。

会议结束后，他们和其他同事陆续走出门去，一边核对着市长详述的"无碳底特律"活动的会议记录。

当小说中的某个角色准备跟另一角色谈及可怕的犯罪行径、非同寻常的性爱怪癖或者颠覆政府的计划等机密要事时，常常无视他们所处的环境：跟三个陌生人同坐一辆车。而陌生人显然也非同寻常地保持住了礼貌，从头到尾一言不发。

造成这种状况的原因是作者忘记了其他人的存在。作者一心只顾着让处于舞台中央的角色展开对话、推进情节，却没注意到对话开展之前的场景中还有其他人存在。在角落里安放一棵盆栽植物并不会对场景造成多大影响，但要是放了个人在那儿，你必须记得该场景还有一个听众存在。

同样道理，大多数人也知道不要在公众场合自言自语，否则极有可能招来他人的怪异目光和闲言碎语。然而在"无法出版的小说"的王国中，满大街都是边走路边与自己深切交谈的角色，当拥挤的公交车中有人大喊"我明白了！只有杀了莫妮克，我们才能活下来！"时，所有人眼皮都不曾抬一下。

记住角色所处的环境。如果你打定主意要让角色在拥挤不堪的电梯中谋划炸掉五角大楼，至少让他们悄悄地说吧。

含糊其词

作者不经意间让角色显得不大诚实

"艾伦，你知道我肯定是站在你这边的，"哈丽雅特说道，"我还是把美国人的利益摆在第一位的。"

"谢天谢地，我还有你这么一个可以信赖的人，"艾伦松了口气，擦着额头上的汗水。"我真的感觉有点孤单了。"

"你当然可以信赖我，"哈丽雅特亲切地说道，"你可以放松一下，交给我来办就行了。你那可爱的女朋友现在怎么样？还听得到婚礼钟声吗？"

"好得很，"艾伦低头说道，"她是个好女孩。我们当然相处得很好。"

如果两个角色都在说谎，该场景就完全没问题。但如果哈丽雅特真的站在艾伦这边，艾伦和他的女朋友的确相处得很好，那这个场景无意间就起到了误导的作用。

作者非常容易在无意间让角色的对话显得不大可信，这一点往往让人震惊。这种情况十分常见，因为对话总是很直接，表意也很明确。说出"我绝不会对你说谎"的角色肯定在撒谎。同样道理，如果角色反复强调某一点——"我肯定能拆掉这当中某一个。你的猫肯定没事，我闭着眼睛都能拆。"——等他说到第三遍，我们确定接下来的剧情即将证明他错了。

动作指示也会无意间展示出角色在说谎。如果你在不恰当的时机提到了不经意间的一个动作，读者自然会将其视作关于对话的重要指示。角色表现出紧张，或者传递的情绪似乎与对话中原本的情绪相反，如此种种在读者眼中就是谎言的标志。"'要是弗拉菲有事，我当然会告诉你。'他烦躁不安地摆弄着餐巾纸说道。"这等于告诉读者弗拉菲早就出事了。

"你好，我是妈妈！"

角色就本身不具备的特质发表声明

　　"我爱我的工作。有人说我是工作狂。好吧，也许我就是。"安妮特边收拾文件边说道，"我觉得工作是生活中最重要的事。就是这种信念让我成了一名成功的客户经理。"

　　"作为你的姐姐，我觉得自己要比大多数人都更懂你，"尼娜理解地点点头，"我们有着一样的暴脾气，一样对自己相信的东西十分忠诚。"

　　"没错，但我比你聪明，"安妮特声明道，"我能够很轻松地理解复杂的概念，解决问题的能力也很强。"

　　"而我直觉更好，更有同情心，心态开放，这些优点在一个高挑的金发北欧美女身上不多见。"

为了描述角色的个性特征，有时候作者会把对话写得像两个正在玩芭比娃娃的五岁孩子。

现实生活中能听到这种话的情形仅限于电视游戏节目选手的自我介绍，抑或是与一个啰唆的自恋狂初次约会的场合。

还有一种极为怪异的情况。某个角色名叫苔丝德蒙娜，人们显然会对这个夸张的名字表示困惑，于是该角色在第一页对此做出了解释："对于一个密歇根乡下姑娘来说，我的名字是有点不大常见。这名字是我母亲取的，她是个英语老师，特别推崇莎士比亚的作品。我觉得这个名字很符合我的浪漫的天性。"

最怪异的要数她对着自己丈夫说出了这番话，我们称之为：

"但是，船长……！"

角色将双方早已知晓的事情告诉对方

"事实上我们在俄亥俄州辛辛那提的公寓住下两个单身汉正合适，但我觉得既然你已经跟你的金发女友简订婚，就该有自己的一方天地了。其实简差不多就像是住在这儿了，这点我跟你讲过很多次。"

"没错，我同意。但我会想你的。我们待在一起的时间多开心啊，比如说上次你在我生日派对上

扮成了脱衣舞女，我从头到尾都装聋作哑，就为了
看看你能玩到什么程度。哈哈，我们都知道最后怎
么样了！你脱了个精光，笨手笨脚地想要撂倒我，
记得吧？"艾伦略带伤感地咯咯笑着。

"是啊，虽然去年上半年我出柜时，因为这件
事多多少少把我们的距离拉远了，毕竟你是个老实
巴交的纯直男嘛。不过现在我们已经过了那道坎，
彼此之间的关系更加紧密了，这些事情我们不必
说，心里都明白。"

在无法出版的小说中，角色们常常将彼此早已知晓了好
几年的故事告诉对方，热烈的对话占据一页又一页的篇幅。
没有什么是理所当然的：某个角色被人提醒自己是怎么得来
的绰号，同事们重述相互间是怎么成为同事的，夫妻提醒对
方彼此的婚姻状况如何。而现实生活中的人也会把你早就知
道了的事情告诉你，这本身就已经有点烦人了。但他们不会
深入下去，解释说："我穿着一件绿衬衫，你穿了你最爱的白
裙子。"

作者如此明显地面向读者进行叙述，给人的印象就好比
电视演员说台词的时候对着的是摄像头，而不是与其对戏的
其他演员。

"就是妇科疾病再次发作的那会儿……"

角色不合时宜地透露隐私

她在吧台边坐下，点了一杯咖啡。英俊又火辣的服务员跟她年龄相仿，两人自然而然地交谈了起来。

"怎么了？"他问道，"你露出了受伤的眼神，是不是碰到了什么棘手的问题？"

"是啊，我的丈夫已经冷落了我好几年，我决定跟他分开，自己重新开始。"她说道，"被自己所爱的人背叛真是太痛苦了，就像我第一次发现自己的父母居然不是我的亲生父母。我的心都碎了。"

"唉，感觉不到'被爱着'就要离婚，就是因为像你这种女人，美国都要被毁了，"他评论道，"你这人肯定很自私。"

"显然你对亲密关系是一点儿都不了解。我得对你耐心一点，因为我说的话会让你有种受到威胁的感觉。"

"你大概觉得我想和你睡，不过你再想想看，"他给她加满咖啡，"女人们都爱我，但我对于在哪儿过夜这件事可挑剔了。"

"如果我想，你就可以跟我睡，"她说道，"其实你干吗不等会儿就来我酒店呢？"

"好，"他下了决心。"不过一旦我让你看到一个真正的男人该是什么样，你可能会爱上我，发了疯一样缠着我不放。"

好，你的新角色对主人公一无所知，你设了个场景，让两人合情合理地发生对话，就把所有背景故事一股脑儿倾吐出来，这样对吗？

又错了。

因为每个陌生人都有可能是潜在的朋友，有人会比较看重陌生人。陌生人招人喜欢的另一个原因是，我们不必非得听他的人生故事和内心想法不可。在长途公交车上坐在我们旁边的人不大可能把他们痛苦的童年、酗酒母亲的悲惨现状或是自己脚上的毛病统统告诉你。一旦他们有了倾诉的苗头，我们就换个座位。

就算是关系密切的好友，也会以巧妙的手段极为小心地表达某些想法和观念。一段关系要在妥善处理好双方过往历史之后，才能容下"你好臭"之类的简单的事实陈述。

同样道理，虽然就算不是所有人也是很多人自认为"我的床上功夫在一般人之上"，但这基本上只能被当作一句公开的玩笑话。

还有，展现角色的内在本性是作者的目的，但角色以此为目的就很少见了。既然角色名义上是个人，人的公众形象与其真实内在就必然有所不同。有些人确实会一上来就跟陌生人聊起自己最近在治疗方面的突破，那是因为其他所有人都避着他们，只有陌生人才会听他们说话。除非你打算塑造一个被社会遗弃的角色，否则请让你的角色先抛去拘束和自我防御的感觉，再与新交的朋友、恋人或跟她一同困在夺命电梯中的陌生人吐露内心深处的秘密。

　　出于相似的原因，角色也不应该突然转变态度。比如说，他们不该因为其世界观被主角"证明"愚蠢而猛然变了想法。尽管我们偶尔也会意识到自己错了，或对自己先前的立场感到懊悔（"我不在乎钱，我写作是出于对小说艺术的热爱！"），但为了面子，在我们承认立场改变之前，必须要有点过渡的时间，要经历一段曲折的合理化过程。

那些外国人

外国人的形象被塑造得极为糟糕

　　"Señor[①]，疯鱿鱼病闹得可真凶，轻轻松松就突破了物种屏障。"说话的是门卫佩德罗，他正在夜校上系统生物学的课程。"我很震惊，你倒是contento[②]。难道是因为我留下来，你去看样品吗？"

[①]　西班牙语，表示"先生"。——译者注

[②]　西班牙语，表示"高兴"。——译者注

"Si①。"艾伦礼貌地说起他仅知的几个西班牙语单词来。

佩德罗的脸唰地红了。"先生,"他说道,"在我们国家,像你这样的同性恋是没问题的。"

"白菜!"促使疯鱿鱼病爆发的邪恶主谋弗莱德·丘挥舞着手枪冲进房间大喊道,"泡菜!"因为自己的生物阴谋被倾覆,他气急败坏,一时用母语咒骂了起来。

佩德罗愤怒地指着他喊道:"Hijo de puta②!你给我闭嘴!"

在塑造夹杂使用本国语言的外国人形象时,一不小心就会闹出笑话来,不过还是有一些方法可以用来轻松避免犯下某些错误。

如果你的写作语言为英语,其中有个外国人角色说着一口完美的英语,那就别让他总用西班牙语 Señor 或法语 Monsieur 来称呼他人了。别让一个墨西哥人的言谈中零散夹杂着你从路边听来的西班牙语单词。这都是些再普通不过的词,例如"是的""你好",墨西哥人学习英语时最先学到的也不过就这些。

---

① 西班牙语,表示"是的"。——译者注
② 西班牙语,表示"去你的"。——译者注

　　还有，模仿外国口音基本上也是个糟透了的主意。让意大利人说出"他啊有啊一个啊漂亮的啊女儿啊"只会把人惹恼，而不会有任何说服力。

　　无论是呈现方言口音、外国口音，还是大舌头等角色特征，请谨记适量即可。任何情况下你都不必把真实的发音完全呈现出来，否则就成了以下这般：

　　偶八滋道你为撒要辣么做。

　　不管你有一双多么灵敏的耳朵，多么完美地记下了全部发音，最终写下的句子总是会让人望而生畏。读者必须把每个词读出声来，好像在学外语一般，很快他们就会丧失耐心。与此相反，你只需在适当的位置放上一两个凸显口音的词，就足以为整体增添一种特殊风味。

　　还有一种极为突出的问题是作者试图通过含有错别字的言语来呈现角色目不识丁或者愚昧的形象，如下所示：

　　他以经死了？我救说那东西很威险。

　　记住：在发音方面，蠢人和其他任何人都不会有多大的不同。既然说话的是角色，写字的是作者，出现任何错别字反映出的都是作者的问题，而不是角色的问题。

·

第四部分

风格——视角与表述

你从什么角度出发？

大多数能够上架售卖的小说都以紧贴主要角色视角的第三人称来叙述故事，因而随着情节推进，读者对主角的行为和情绪波动都会有清晰的了解。（出于一种刺骨般寒冷的恐惧，他把弗拉菲放了；现在已没有回头路可走。）有些小说会采用多个叙述视角，通常来说作者会在新场景的开头转换视角。

为了营造更佳的直观感受，许多成功的小说作者选择用第一人称（为了逃离那只看似天真无辜的猫，我飞似的跑下了楼），或者用现在时态讲述故事（在油布下，我极不舒适地挪动着位置。油布蹭出的声响越来越大。猫已经发现我了吗？）。以上所有例子中，各位作者都借助了内心独白来令动作主导的故事更显丰富。

你已写出无法出版的小说，你知道上述作者们均缺乏远见卓识。你才不会为了显得通俗易懂而受制于那些琐碎的规定，也没有小心眼的编辑来审视你的作品，一心要你注意什么"内在凝聚力"。

因此，如果你的角色把车停到了加油站，当工作人员正在为车子加油时，何不将故事直接转为工作人员视角？车子平安无事地开回了路上？别担心！人们的脑袋瓜子里不是只有重要的事情而已。角色是不是听到卡车后部在咔咔作响？就让他想这件事。他听到什么声音了吗？卡车经常发出这种声音，是他自己从没注意到吗？是一种咔嗒咔嗒的声音。那声音又来了！就这么写，轻而易举就能写上一万字。

没错呀，人们确实会这么想！既然没把小说出版放在心上，你有的是广阔空间来细致描摹这个现实世界。

但怎么就停在那儿了？你不想知道卡车怎么了吗？谁对此最清楚？当然是卡车自己！让我们来听听卡车的想法，关于它的主人，关于里程油耗，关于从俄亥俄开始就跟自己保持同步的那辆可爱的大众车。最后加上神来一笔——跳回角色视角，让他做此感想："我的卡车好像看上了那部小车。车子竟会跟个人似的，真是奇妙。"

在角色视角上做文章，这仅是使小说无法出版的许多种方法之一。只需一点想象力，出版的可能性基本上微乎其微。（大众车又在想什么呢？心知自己烈火焚身的命运，汽油会有怎样的感受？前面那个人是在徒步吗？但他仍深受童年阴影的困扰——究竟是怎么回事？让我们前去一探究竟！）

这只是个开始。以下我们收集了一些最为常见的方式，足以将男孩遇上女孩这样简单的故事打造成复杂晦涩的一团乱麻，让人读不懂，也不想再读。

第十一章

叙事立场

"我这是第三人称吗？"我想。

某些初出茅庐的作者会将小说出版的可能性一点一点地切断，而真正的熟练工总能长久保住自己"门外汉"的不败地位，所凭借的是一记大招：为小说选择一个完全错误的叙事立场。

我令我完整

一部自我神化的小说

他还是理解不了。他曾经让那么多女人第一次体会到高潮的乐趣——女人们都说他懂得如何"好好地为我服务，宝贝儿"——他可是詹姆斯·斯兰平汉姆，竟然会碰上这种事！

他刚好五十岁，看上去更像四十的样子。点单的时候那位女招待猜他只有三十五岁。即便头发已所剩无几，但他知道女人们会本能地将脱发视作雄性气概的象征，而非衰老的征兆。

至于多给的四十磅，则使得被他激起情欲的女人看上去更为满足。二十年前，上公园游玩的女学生们还因为不得不避着男人们走而显得手足无措，其中的某些显然由于这样的禁令而对自己恼火了起来。现在她们就远没有那么慌乱了，行为举止跟这些折服在他魅力之下的女招待没什么两样。事实上他心中确信，要不了多久，她们中的某个就会随他出去。

他知道接下来会发生什么，就像那些由他引入极乐世界的多个妓女一样，她们会对他表示无比的感激。

这就是全部的计划。但事实太过显而易见，一再发生的状况已容不得他否认。我性无能。

人们完全能接受自传性质的小说，自身经历亦是小说作者无价的取材资源。许多作者毕生都从自身经历中取材，甚至一遍又一遍地书写同一段经历。但这些小说反复取材的主题并非"我的才能远不止人们看到的那些"或者"等我发挥自己所有的才能，他们一定会对我表达歉意"。事实上，成功的自传性质小说通常会走相反的道路，其主题往往是"我是一只遭人唾弃的爬虫"或者"我绝望地挣扎着，却连最简单的事也做不好"。

看上去顶顶愚蠢的就是在第三人称的叙事中突然插入"我"这个词，纯属多此一举。如果通篇只有一个"我"字来揭露此乃自传性质小说的事实，那这是编辑需要修订的错误；如果并非如此，那么这往往是"自我揭露"这座巨大冰山的一角。

出书协议中没有"我"

自我吹嘘型小说的几大特征

- 主角发现所有人都看不起自己，或者，嗯，看不起"他"。
- 主角遭遇其家人、同事或朋友的不公正对待。
- 主角的家人、同事或朋友回心转意，祈求主角的原谅。
- 离去的爱人意识到自己的错误，发现来不及弥

> 补时后悔不已。
> - 人到中年的主角被青少年疯狂追求。
> - 长篇累牍地、近乎迷恋般地剖析主角特质。
> - 长篇累牍地解释在保险公司表现不佳的主角其实是个文学天才。
> - 文学天才主角的著作出版后赢得了山呼海啸般的赞美声。

别担心，你完全有自由来写这样一部小说：维多利亚时代某位旅馆服务员不被家人、厨房同事赏识，却凭借其诗作中散发的耀眼光辉迷倒了英俊的哈泽德公爵。人人都爱幻想，所以在小说中展现高超性能力、钢铁般的意志和特工007一般迷死人的魅力没有任何问题。

但当作者把小说塑造得与本人特质过于接近时，往往因为缺少点石成金的能力而无法将个人愿望实现的幻想转变成助他人逃离现实、暂时获得满足感受的另一种幻想。

抓住这个麦克

视角不时游离

捕猎海象的行动又一次失败了，看着爱斯基摩同伴们回来时衣衫褴褛、筋疲力尽的模样，努纳维特叹了口气。冬天就要来了，如果坏运气一直持续下去，她不知道他们该用什么来果腹。都是那些外国神父做的好事，她确定。正是万物有灵的信仰让这些人在无情的气候中安度千年，而外国神父的到来把这一切都破坏了。白人的上帝为他们带来枪支、酒精，当然还有古巴雪茄。但是没有了提供丰富蛋白质的海象肉，他们谁也没法再享受那些大都市的消遣。

阿夸维特拖着巨大的渔叉步履维艰地向她走来。看到他疲惫消瘦的脸庞，她心痛不已。一直以来他都是个开心果，总是笑着面对各种情况。而现在的他瞪着满是怒火的双眼，厌恶跟随他一起打猎的同伴，厌恶打猎本身，还厌恶那上百种的雪花。他现在一心只想着把他那根该死的渔叉卖了，换取一些酒精和古巴雪茄。

"没事。"两人擦着鼻子的时候，她安慰他道，"等我去禁地把先人的护身符取回来，海象也就回来了。我感觉肯定会的！"

有时候作者在同一段落，甚至在同一句话中不知不觉地转换了视角。整部小说其余部分都从同一个角色的角度来讲述，以至于读者将该角色视作第二个自我。此时突然转换视角就会显得尤其不协调。读者似乎感受到了转瞬即逝又无法解释的心灵感应，遭遇到他人思想的强行干扰。当故事重新回归主角视角时，我们得小心翼翼地跟随故事的步伐前行，时刻准备好迎接新一轮的思想攻击。

连单独的一个词都能达到视角转换的效果。比如说，正处于观察角度的角色看着自己新电影的评论内心得意扬扬之时，突然，他被描述为"自以为是的"。显然作者试图向读者传达如此观点，但该演员本身不可能想着"我自以为是"，于是读者感觉自己突然被拽出了演员的大脑，茫然中不知道自己现在究竟是谁。某些提示词也有相同效果，比如"他夸耀道""我哭诉道"。

总体来说，占据篇幅不足一页的视角都该舍弃。如果你一开始就选择了有所限制的第三人称视角来讲述故事，就必须接受这种限制。

网球比赛

视角来回转移

"但你走了之后谁来收拾这些破烂？"安气呼呼地吼道。她愤怒地瞪着眼前这个男人，试图从他脸上找出一丝体贴的痕迹来，多年前她爱上他时，他还是个多么善解人意的人。他可还记得她也有需求？

"好吧，都是我的错。"乔说道，"跟你一点关系都没有。"他的嗓音发抖。他试着表现得若无其事，看上去安却比任何时候都要来得漂亮。他怎么能离开呢？

安坐在床边，失声痛哭起来。太让人绝望了！他永远都不会理解她！

乔看到她这副模样，习以为常的绝望感又席卷而来。为什么总是没办法让她高兴起来呢？有时候他觉得自己一直在追寻的目标就是看到她开开心心的样子。

安多么渴望他能给她个拥抱，一个拥抱就好。

自己该拥抱她吗？乔想道。

抱住我！安想道。还有时间。

太晚了吗？乔想道。

快来啊。安想道。

不。乔决定了。他摇摇头，还是太晚了。我准备试一下新的紧肤水，然后我们就分居。

第一章你用安的视角写她把乔的衬衫扔到了大街上，第二章用乔的视角写他购买护肤品。现在安和乔共处一室，你当然会同时用两个视角来写，因为你就是这么安排的——对不对？

不行。就算读者先前已经进入过安的脑中，也进入过乔的脑中，却一点都不想在这两个脑子之间疯狂地跳来跳去。无论故事设置是怎样的，这样的安排让读者离两个视角都远了。没半点预先通知就突然变了视角，可能让读者无法对其中任何一方产生共鸣。

即便先前我们已经进入过安的脑中，在同一个场景中也最好避免再采用她的视角。迟早我们会知道安是怎么想的，这一点要让读者有足够的信心。至于现在，你要把读者的胃口吊着，要令其做出让乔、安和你自己全都满意的举动——往后翻、读下去。

不受欢迎的第二人格

二十世纪末有些小说家非常成功地使用了第二人称的写法——尤其是伊塔洛·卡尔维诺的《寒冬夜行人》、杰伊·麦金纳尼的《如此灿烂，这个城市》。但这已结束了，这种夺人眼球的技巧并未引发小说家们后续的模仿浪潮。并没有一种新的小说体裁被开创出来，业已成名的作家们也没必要重新审视自己所采用的第一人称视角。事实上，"第二人称视角"这一说法出现之际，正是麦金纳尼成为第二个抛弃此种写法的作者之时，而且显然，就算他再坚持下去也后继无人了。原因在于该写法的创新之处与其他任何技巧无甚差别——不过就曾经是种新花样嘛。

"曾经"是个关键词。还有"新",这大概是世间所有品质中最不持久的一种。

第一次碰到第二人称视角时,读者心想:"哦,这就是所谓的第二人称视角。"在你反传统的冒险历程中,这是你对读者产生的唯一一点影响力。

从此以后,"你"所起的作用跟"他"或"我"再无任何不同。读者不会因此被你说服,觉得小说的情节切实地发生在了自己身上。尽管你仍在喋喋不休地用第二人称视角往读者脑中灌输情节,但其实读者很快就会对"你做了这个,你做了那个"的语调感到麻木。而你的编辑在冒出"哦,这就是所谓的第二人称视角"的想法之后,会慢慢对你的第二人称视角丧失敏感度,到最后才咯咯笑着冒出"你要拒绝这本小说"的念头。不可能,编辑没那个闲工夫。

在极为偶然的状况下,也会有那么一位编辑无视这种矫揉造作的写法买下了一本书——前提是该书作者要进行彻底修订,将叙事视角完全转变为传统的第三人称。

民主制度

每个人的声音都被听到

自从因为绝育事件丧失信心，怀特牧师就离开教堂，四处漂泊。现在他站在又一家乌烟瘴气的底层酒吧里，仔细品尝着他那份龙舌兰，在脑中静静历数他这一路走来所经历的各种曲折。从明尼奥拉出来的这一路多么黑暗啊，竟将他带到了一个没有法律的墨西哥弹丸之地！

"你好啊，帅哥。"一个女人上来搭话。她打量着这个体格健壮的美国佬。只要花一个子儿，再加上一盘叫作布劳哈哈的美味本地虾，他就能换个口味，不用像往常那般跟那些脏兮兮的流浪汉睡觉。

冷酷无情的侍者带着一丝怪笑，默默看着这笔交易的达成。毫无情感可言的配对已在他眼前来来回回上演无数次。

"你好。"怀特说道，但想起妻子，他的内心退缩了。他弯下腰来，伤感地抓抓菲多的脑袋。菲多吐着舌头，开心地扭动着身子。女人笑了，因为这毛茸茸的家伙可以说是她最亲密的伙伴了。

流浪艺人们演奏起又一首愉快的波尔卡来。然而他们均一脸严肃，似乎各怀心事。流浪艺人一号想着，如果今天能多挣一点，最终就会比二号和三号挣得多了，到那时候自己得有多得意啊！

　　这么多碌碌无为的生命飘飘荡荡，在这片孤寂平原的十字路口，一同被卷入飞扬的尘土中。

在这里，你是一个"全能"叙事者。你赋予自己自由，通晓全世界的历史，清楚每个人的想法，在一个发育迟缓儿童是唯一有生命的角色的场景中，你向读者解释了洗洁精成分的化学结构式。所以当你准备写一个派对场景时，你要一次把所有人的视角都写尽！这样一来，你会将读者引入韦克斯曼成人礼上错综诡谲的社交风云之中，你会展现给读者令人称奇的洞察力，你会写出一部《罗生门》①版成人礼小说！

这么做唯一的问题在于，当你进入韦克斯曼三号的脑中时，所有读者都在努力辨识这是哪个角色的视角，确保自己跟上步伐。如果房间内每个角色的视角都花费了相同的篇幅去叙述，你写的就不是小说，而是焦点小组讨论记录。

如果你想在商业小说中使用全知全能型的视角，就必须预先创立一个作者型叙述声音。该声音属于全能叙述者，而不该属于任何一位角色或全体角色。在此基础上，你才可以随意探究人们的想法。但是你需要对视角的转移有着娴熟的

---

① 《罗生门》：悬疑影片，改编自日本作家芥川龙之介的短篇小说《筱竹丛中》。影片从不同角色视角讲述一起武士被杀案经过。——编者注

掌控力。如果随兴地转换，就会造出一段段无法衔接的杂乱声音。

读心术

角色似乎能听到其他人的想法

　　贝蒂看着乔，看着这个自己愿意与之共度一生的男人——但他会不会是冲着她价值数十亿美元的家业所能带来的优渥生活去的？

　　乔一脸不高兴地看着她："我爱你，贝蒂，我不是冲着你的钱去的。我只想像个男人一样打拼出一片自己的天地。"

　　乔真是太敏感了！她不知道如何说服他，正是他的机智、洞察力和将复杂索扣迅速扣紧的能力，让她在2006年的套索扣大会上两人第一次见面时就迷上了他。那可是在温尼伯的希尔顿！成千上万个热衷于套索扣的人汇聚一处，在那个地方，乔大放异彩。

　　乔叹了口气，转头看着窗外。"套索扣大会好像已经是个遥远的梦了，"他说道，"在这个残酷的世界，我都没办法把你扣牢。"

当角色能够对另一角色的内心独白做出回应，仿佛别人已大声说出心中所想，会让读者觉得角色正和自己一同阅读此书。这是个极为显眼的错误，强行提醒读者一切都不是真实的。

与此相关的一个问题是，当故事从某个角色的视角叙述时，不知何故该角色似乎熟知其他角色的人生故事，对另一个镇子里发生的事了如指掌，或者熟练掌握土木工程知识——因为作者自己知道。角色获知信息必须通过某种显而易见或合情合理的方式。角色当然可以学过土木工程，或者在与某些人会面之前就对其传言有所耳闻——但切记，这些信息或知识在展示出来之前必须有合理的铺垫。让一个十岁的孩子评价葡萄酒的"木塞霉变"，然后急忙解释说自己是在一个专门酿制葡萄酒的摩门教家庭长大，这就不大妥当了。

相似的问题还有：

范式转移

所有角色同心同德

宏伟大厦的顶层，约瑟夫·瑟德四世在自己的转角办公室中向外眺望，将这个大都市中低矮一些的办公大楼尽收眼底。作为三州交界区最强大的对冲基金创始人及 CEO，瑟德让其他商人饱尝只有商人才明白的恐惧。

办公室玻璃窗如同一艘大船的船头般高踞在城市上方，身居此处，瑟德意识到自己好比旧日里的海盗，在资本的汪洋里乘风破浪，自在遨游。无须仰仗任何权势，只对自己效忠，对渺小的人驾驭的渺小船只肆意掠夺。他似乎能感觉到纵情逐浪时有猎猎的风将他头发扬起——

"老板，"他的助手鲍皮在门边说道，"约在四点见的人来了。"

"让他进来，鲍皮。让这个徒劳挣扎的人进来。"

"好的，先生。"鲍皮说道，在半空模仿了一个击剑动作。"我们一起逼着那个傻大个跳下船。"[①]

有时候故事中的特定某个角色冒出一种想法，为故事自创了一个新的结构隐喻，但随即书中所有人都莫名其妙地认同了这一比喻。原因当然在于实际上产生比喻想法的是作者本人。一旦将想法告知读者，作者就觉得随后可以将其当作人人共有的"常识"。

这种失误即便不会让读者恼怒弃读，也已给人一种两名角色通过心电感应交流或背着我们传纸条的不佳印象。如果

---

① 原文中 walk the plank，原意为被海盗强迫跳下跳板坠海，引申为被迫辞职。——译者注

一本书里的全部角色都是如此，读者会有种短暂的错位感，会觉得在故事进展中举步维艰，好像自己什么时候不小心眨了眨眼，错过了哪一章中所有人一起讨论对冲基金与海盗船之相似性的内容。读者不会为这种小失误牵肠挂肚，但你的小说就不一定能重回正轨了。

服务中断

视角中途短暂丢失

我想起了法夫纳那可爱的脸庞，想起她被无人机拽走时吓得惨白的一张脸。肯定有什么办法将那些没心没肺的半人半机械的怪物重新编程。我一开始动脑子就直冒汗。所有事情都悬而未决。最后我来找杰克了，并把我的计划告诉了他。"我们准备这么做……"

我刚说起话来，树上就传来鸟鸣，阳光开始穿透云层。空气中满是春天的气息。

"非常棒！"我说完后，杰克说道，"他们一点也不会怀疑。不过弗朗上校的机器人亲信给我们出的谜题你解开了吗？"

"当然了！"正当我把答案告诉他时，天上下起雨来，随着湿润的风轻轻摇摆的树散发出树木特有的清香。

"天才！"杰克弄明白后说道，"绝妙透顶的解法。等你把这结果甩到弗朗脸上，我真想好好看看他的表情。"

"那得等一等了。"我们跳上保时捷，向前方等待着我们的精彩对决飞驰而去。

为了保留悬念，作者在这里故意隐藏了叙述视角角色的具体行为及话语。但由于我们已经在该角色脑中舒适地待了一段时间，就这么被粗暴地拉出原有视角，我们感到非常不自然。对于正在进行中的场景，将其中的重要信息排除在外，给读者的感觉就好比让他们阅读一份经过严格审查的文件，最想看到的部分都被刺眼的黑块给遮上了，让人一头雾水。

要解决这一问题，这里有个直截了当的办法：别让角色说出你不想让读者听到的话，别让叙事视角中的角色考虑你不想让读者知道的内容。

边缘人生：需要避免采用的视角

无辜的旁观者

尽可能不要让处于叙事视角中的角色充当安保摄

像头。蜉蝣般稍纵即逝的叙事角色取得短暂的发声机会，只因为该角色目睹了作者想要展示的某个事件的发生。这种做法有时会奏效，尤其是当故事本身就有多种叙事视角之时。而对视角限定于一两个主要角色的故事，这么做显得很不协调，且无疑弊大于利。

天才

当你准备写一个比自己聪明的人，并从其视角出发叙事时，你最好考虑问一问聪明的角色这是否是个好主意。因此，从上帝的视角叙述往往不是个好主意。同样道理，充满智慧的瑜伽行者、潜修者也不是什么好视角，总会给人一种拨打了灵媒热线的感觉。

王座视角的《李尔王》

一个勺子、一只世界上最聪明的蚊子以及尼禄的小提琴统统不推荐作为写作视角。作者很快会面临这样的问题：如何证明勺子具有打字的能力，还能对人类故事产生兴趣？凡此种种不一而足。（除非你写的是文学作品，那么对这种问题往往无需做任何评论。）这样的视角会让小说写起来异常困难，如此煞费苦心的小把戏常常会让你引火自焚。因此，除非你内心被一股强烈的热情所驱动，非要为烤炉的秘密生活高歌一曲不可，否则最好还是让烤炉的主人来当你的主角吧。

时态：被忽视的过去

动词时态突然转变

医生们都说只有通过最先进的检测手段才能为她下诊断。（现在时）几个月来她的各种奇怪症状难住了所有普通医生。后来，莎莉在上中西部找到了最出色的诊断师芬顿医生。

作为虔诚的基督教徒，当得知芬顿医生是一名信基督的科学家，即意味着他不仅是一名科学家，还是一名基督徒时，（现在时）莎莉知道是上帝化身为医生来看她了。

在他的书房等待时，莎莉看着墙上鼓舞人心的海报。没错，这是个给人以希望的地方，她这么跟自己说。她跟那只小猫一起在书房等待着。

（现在时）门开了，芬顿医生出现了，他从事的职业充满人们的各种不信任，而他却带着一股英雄般的信心。他把她叫到自己办公室。

"结果出来了，莎莉。恐怕结果不大好。你的器官硬化问题已经很严重了。"

莎莉大吃一惊，（现在时）说道："什么？那我会怎么样？"

"如果不能一次全部清除的话，器官会继续硬化，到后来彻底没用。"他悲伤地看着她，（现在时）摇摇头，"真希望我能帮到你。"

"哎呀，芬顿先生，只要能治就好了。"

"没法治了，莎莉。现在跟我一起祈祷吧，趁你还能做这事。"

处于创作激情中的作者常常发现自己无意中改变了时态。走过房间时，角色开始时间旅行，从现在穿越到过去，然后又穿越回来。过去燃起的火如今正在熊熊燃烧。过去跟在主人身后跑的狗现在吠叫了起来。通常来说读者能解读出这种时空错位，但很快就只顾忙着解读时空错位去了。当男主角赶往事故现场（现在时），发现女主角已经奄奄一息（过去时）时，他没有感到焦虑，相反，他为事已成定局而感到高兴（现在时）。

在提交原稿前，始终记得仔细检查时态是否使用正确。

时态：无法忍受的过去

所有事件都用一种时态

在法学院期间，我保守过一个没有任何人怀疑过的秘密。后来，我被一家顶尖的律师事务所雇用，花三年时间当上了合伙人。到我把这个无人质疑的秘密揭开的时候，必定能让庞大的美国司法系统开始瓦解。

在该系统内工作时，我忠诚于自己的信念。隐藏在心中的原则让我心生疑虑时，我就加倍努力工作，以缓解疑虑带来的不安感受。我的工作时间比事务所内任何其他律师都要来得长。哈！一堆蠢货！很快他们就都知道了，到那时就意识到了我对他们所信仰的系统造成了多大的破坏。

我在沉重的橡木桌后面期待得浑身轻轻颤抖。通向属于我的转角办公室的门关着，正如通向我真正目的的门也被关上了。在他们宣布我为合伙人的那天，我向众人大声宣布了这一真相：我，亚奇·图瑟斯，曾是个……无政府主义者。

英语是一门丰富且细致入微的语言，根据说话者的需求有着不尽相同的多种表达方式。正如有多种方式来表达"你让我紧张了"的意思，英语也有六种过去时态来表达某段时间内某个动作是怎么发生的。

这六种过去时态区分过去正在发生的动作和在某一特定时间段内发生的动作（当她甩了他一巴掌时，他正在读书）；区分先后发生的动作（在他离开房子之前，他早把衣服都脱光了）；然后进一步详细描述这些动作之前所发生的动作，无论是曾经正在进行中的，还是在特定一段时间内发生过的。（他早把衣服都脱光了，正当他离开房子时，被她优雅地甩了一巴掌。当他昏迷在地时，她想道：他一直在服药吗？事实上应该是——他曾经一直在服药吗？）诸如此类。

在口语中，人们总能通过语境来辨明这些可能性所引发的诸多歧义。但到了小说中，就要由作者来区分"他曾经一直在给鲸鱼剥皮"和"他给鲸鱼剥过皮"。

巧妙利用英语时态，你可以瞬间穿越到一千年前，给出一条绝妙的背景信息，然后不费吹灰之力便迅速回到正在发生的场景中来。然而一旦忽视了时态表达的细微之处，就会把你的读者留在中世纪，让他们苦苦思索为何加洛林王朝会出现一辆本田车。

第十二章

内心独白

通通该死！波尔布特想道。
那群目中无人的知识分子真是气死我了。

如果按照我们的指示一路来到此处，你应该已经拥有一众举止怪异、生活离奇、总是被孤立的恼人角色。为令其精神世界同样让人难以忍受，请尝试以下强大的方法，写出糟糕透顶的内心独白。

温室植物

角色总是反应过度

"你能不能接下电话？"他喊道。这粗暴的声音让我发起抖来，要知道曾经的他只会带着爱意对我柔声细语。尖利的铃声一下下地撕扯着我本就脆弱的神经。抬起话筒时，我的声音也发起抖来。

"喂？"

"你好！这里是 A-1 地毯清洁公司，向您介绍我们的限时优惠活动——"

一听到这懒洋洋的调子，我的心顿时冰冷苦涩起来。世界变得如此残酷，如此冷漠。社会温暖在哪里？同情心在哪里？挂断推销电话时，我盯着相框内的一张照片，那是我的吉娃娃菲多，在坎昆度假时它莫名其妙地失踪了。想到可怜的菲多，我的眼泪夺眶而出，洒向这个无情的世界。愿上帝与你同在，我心中默念，眼泪在脸颊上滑落。

有些作者会用角色对寻常事件的戏剧化反应来替代对戏剧化事件的描述。这些角色往往动不动就眼泪汪汪、尖叫连连或发出阵阵疯笑。他们会因为菜单上有贻贝而狂喜不已，因为火车晚点而陷入深深的绝望。他们在路上碰见了邻居——多么令人震惊的巧合！所有受过的伤痛永远历历在目，十年的时间无法减轻婚姻破裂、亲友离世或丢了一只手表所带来的痛苦。

除非角色正处在精神失常的边缘，否则还是让他对事件做适度的反应就好。

你的一颦一笑

详述产生的所有情绪

"我要贻贝，"他说道，一如既往地对着我笑。

我也冲他笑，心中有些感伤。"我要鹅肝酱小饼干。"我说道。放下菜单时，那一丝感伤让位给了对他的感激，感激他能够出现在这里。

他伸过手来，握住我的手，一股爱意将我贯穿。"还去那家酒店吗？"他问道。

我有一点紧张，甚至有点焦虑。距离上次我们共度夜晚已经很久了，当我们真的独处一室时，我不确定自己会有何种感受。"我想和你在一起，"我说道，"现在我就知道这点。"

说出这话时，我顿时感到全身放松。这种感觉混合了爱、恐惧、沮丧和纵欲的慌乱，可能还带有一点不宁腿综合征的症状。

没必要为角色心中闪过的所有情绪来一场实况播报。再说这些情绪本身并不能算作场景中发生的动作。场景中可以有情绪的爆发，可以有相应的情绪反应，但如果情绪盖过了场景中本应发生的动作，那你写的就不是场景，而是团队心理治疗的过程。

未通过图灵测试

角色毫无反应

但当他扯去被子，竟发现床上一丝不挂的并非他的妻子——是可爱的韦罗妮卡。他前途最光明、最为热情的研究生韦罗妮卡浑身不着一物，除了一个伦纳德·科恩的文身。

"你好，韦罗妮卡，"约翰逊教授说道，"你在这儿做什么？"

她从枕头下抽出一把手枪，开始啜泣。"我来杀你。"她解释道。

"为什么？"他说道，"我从没对你做过什么。"

她坐了起来，赤裸的年轻身体十分美丽。月色下她那毫无瑕疵的皮肤仿佛盈盈发光，一头黑发如披风般覆在她秀气的肩头。她说道："你给了我 C!"

"如果你能为我做点事的话，我会考虑给你重新打个分的。"教授说道。

"哦？什么事？"她问道，将手枪往边上一扔，挺着年轻的躯体直往前靠，眼中闪烁着希望的光芒。

"我四月要去坎昆，需要找个人来照看我的猫
两周时间。你到时有空吗？"

尽管对角色的情绪描写不必细微到解读其脸上每一道褶
子，但必须要有针对角色的情绪描写。当被人喝倒彩赶下
台时，角色应该感到失望恼怒。当从十层楼跌落，角色应
该惊慌失措。作者不能仅凭"哎呀"这样的对话来传达角色
的情绪。

其实，作者应当"入驻"到持有当前视角的角色的脑
中，即便没有任何戏剧化的事件发生，也要时刻保持敏锐
的感觉。否则，角色立马就显得无思想无感情。除非你是
在从僵尸视角出发写僵尸小说，不然你的小说很快便会丧
失可信度。

正确的做法是不要平铺直叙：她感到失望；我很害怕；
他感觉很受伤。通常来说应该结合一些想法、动作以及对生
理感受的描述来间接描写情绪。

你必须过我这关

角色感受到的才最重要

进屋时，我看到光线透过窗帘照进房间，闻到
了窗外阿斯巴甜树的阵阵甜香。我能感觉到春天的

温暖气息。我看到吉姆坐在扶手椅上。我还注意到
那把扶手椅早该清洁一番了。我看到扶手上已经有
了深重的油迹。

"你好啊，芬顿医生那边怎么样了？"我听到吉
姆说道。接着我就感到灼热的眼泪在我脸颊滑落。

有时候，持有当前视角的角色会横亘在读者和场景之
间，反复声明自己看到了每样东西，听到了每种响声，什么
都感受到了。读者读到的不是"铅笔直朝我眼睛飞来"，而
是"我看到铅笔飞来……"；不是"有袋目动物的叫声充斥
了整个夜空"，而是"我听到有袋目动物的叫声充斥了整个
夜空。"

这样会削弱正在发生的事件固有的戏剧性，还将有损
读者对事件的敏锐感受。除非事件的要点便是角色自身的感
受，不然还是展示给我们事件本身吧。

哈姆雷特在熟食店

毫无目的地记录角色的想法

飞蛾轻柔、甜蜜的叫声混杂在一起，为鸟鸣交
响乐提供背景音。又一种旋律钻入我耳中，我仔细
查看，发现其来源是一只画眉。

啊，画眉怎么会令我想起我第二任妻子来！我怎么会离她而去？我唯有摇摇头。我是个善良又得体的男人，完全有能力去爱人，有能力全心拥抱他人给出的爱。我从与第一任妻子的交往过程中学到了这一点，在我青涩的年轻岁月，我曾全身心地爱着她。现在想起来，我又是为了什么离开她的呢？是我太幼稚？太自私？也许到头来我根本不是个得体的人……

无法获得出版机会的小说中常常充斥着主人公回顾自己人生故事的段落。有时候作者还会贴心地为主角设立一个场景——在山顶俯瞰非凡美景，或独自伫立落日余晖中的码头——只为了让主角在一个浪漫的场所回顾自己的人生。为了让回顾人生的情节显得顺理成章，作者有时候甚至会安排角色去收拾房间、清理衣柜或翻阅相册。

尽管角色偶尔的反思能够在场景中起到良好的情节过渡作用，或者可以作为场景的一个注解，但反思本身并不能被当作一个单独的场景。如果你的角色想要思考一下他的个人问题，何不给予他应有的尊重，让他享有个人隐私。

不行动的人

　　人们刚刚开始尝试写小说时，不仅会用角色回顾人生的情节把小说拖入困境，还常常会让角色内心活动与实际行动的描写在篇幅上完全不成比例，无法出版的小说往往具备这一典型特征。在走过两个街区的短短路程上，作者花了 20 页的篇幅来呈现角色内心独白，而其核心内容是我们能从鞋子得知关于一个人的多少事。在一号公路上行驶时角色瞥了一眼汪洋，便引出一整个章节来描绘珊瑚礁的生态，并由此总结出经验教训，为人类之间如何相处提供参考。

　　刚开始写小说的作者因为怀揣着一股创作的激情，他们倾向于将心中积压已久的想法和感受、历经数年的细致观察、对侦探小说的种种解读、对事件走向的详尽设想在他们的作品中悉数倾吐出来。多年来他们将这些想法通通埋藏在心中，因为他们从经验得知，比起自己对当代思想衰落的思考，他们的朋友和同事们更热衷于讨论已发生或即将发生的故事，或者故事发生在谁身上。

　　没人会中途走开去喝上一杯，所以作者能够滔滔不绝地表达出所有想法。但请记住，你的潜在读者是跟你的朋友和同事一样的人，他们不想听到这些私人想法。所以，能够出版的小说常常以动作开场，并给出稳扎稳打的动作场景，与此相关的内心独白以恰当的方式穿插其中。

卡住的唱片

角色反复冒出同一想法

"好了，小哈克比，你有什么话要说？"

这个衣衫褴褛的孤儿使劲在零散的记忆中搜寻，想着给出一个怎样的回答，才能永远改变自己和妹妹莎比·内尔的一生。

阿奇迪肯用手指敲着自己的桌子，又朝着那孩子抬了抬自己浓密的眉毛。

为了让奥利弗走到眼前这一步，内尔放弃了很多东西。只要回答正确，他和妹妹的命运就将完全不同于现在。所以说，正确的回答非常重要！

阿奇迪肯干咳一声，掏出他那只沉沉的金怀表，聚精会神地盯着看。

奥利弗想着只要他能进入弗兰辛公司接受培训，自己和妹妹的生活将来会发生很大的变化。到那时，一切都将不一样了。

"年轻人，你能否告诉我你为何想要进入弗兰辛公司来接受培训呢？"

这个衣衫褴褛的孤儿在座位上焦躁地挪动着身体，心中知道他接下来即将说出的话将决定一切，他不仅仅为自己说！现在也是决定他妹妹命运的关键时刻！他必须牢记这一点！

奥利弗最终完全认识到自己即将说出口的话有多重要了，此时，他怀着对妹妹的热心指点和上帝之仁慈的无限信任，说了出来。

"流浪汉！"他刚开口就后悔了，这一带所有的穷孩子都知道绝对不能对阿奇迪肯·弗兰辛说起这个。

现实中的内心独白往往是循环往复的。一旦有了"她真火辣"的想法，在你与这位烦闷的空乘人员长达20分钟的对话中，你会开开心心地在脑中将这个主题不停演绎。但如果你把这些来来回回的想法都写进了自己小说中，角色就会表现得好像是在电脑还是个稀罕物的年代电影里出现的故障电脑，诡异地嘀嘀嘀响个没完。

角色的想法陈述一遍就好，读者会假定其想法保持不变，除非作者告诉我们这个想法已有所改变。

双面人

角色的内心与其外在表现不符

开往香港的东方快车在又一段起伏的山路上疾驰，餐车中的瓷器晃荡得乒乒乓乓直响。乘客聚在一处，等着听整个比利时最好的侦探雷米·德阿诺特说话。为了揭露谁才是杀害伯爵夫人的真凶，他把他们都召集过来。

"……所以我想了下，谁会有机会犯下这种罪行。"德阿诺特在桌子间的过道上边踱步边说道，"这只是临时起意的犯罪行为吗？不是，我对自己说，这起犯罪的实质不仅仅是我们眼前看到的这样。"

他走向坐在桌边的拉斯穆森教授和他那腼腆的侄女。"凶手不会是教授，因为教授——"他抓住教授的白手套，一把拽下，"——没有手！"看着暴露在眼前的假体，众人皆大吃一惊。

德阿诺特走到奥弗少校和其助手奈索中士坐着的桌子旁，"然后我仔细思索我们的军队朋友做出的奇怪行为……"他突然想到一个半小时之前在少校车厢房间中找到的那只猴子，其行为也就可以解释了，因而他的声音慢慢小了下去。"……也许也没那么奇怪。我这话可能说早了。"这个比利时人模棱两可道。

活见鬼！这个小个子侦探心想。我怎么每次都这样？我真是蠢到家了。

如果你笔下的角色是个街头混混，那么他的话语和内心独白都必须用街头混混的语言来呈现。内在与外表的不符会通过多种方式表现出来。当角色独自思索时，其智商可能直线下降或猛然飙升，其社会地位可能有所改变，其性别仿佛也模糊了，更可怕的是直接变了性。角色的内心想法可以和展示给世人的外在有所不同，甚至可以说必须有所不同，但你还是要让读者感受到两者是有所关联的。

相关问题还有：

我这个年轻人

作者已落后于时代

大多数人都会害怕门口那位黑人，但艾达不属于"大多数人"。作为朋克乐队"不敬老"主唱，艾达习惯于让别人感到害怕。看到她时，人们常常会怀疑她随时会掏出一把弹簧刀来。身体穿孔、刺着文身、刺猬般的发型、眼妆浓重，艾达本身就是个大写的"酷"字。

身为著名的朋克歌手，艾达总能被人认出来。但今晚她要去市中心最潮的夜店，因而在外表上她格外得花心思。从美容室回来后，艾达穿上了自己最时髦的长裤，脚蹬一双令人望而生畏的及膝靴。她决定今晚不穿内衣了。一向桀骜不驯的她自然不准备隐藏自己曼妙的身姿。

"抱歉女士，名单上没有你的名字。"那位黑人讲话的样子足以将大多数人直接吓跑。

"去你的名单！"艾达说道，死死地盯着他的眼睛。过了好一会儿，黑人败下阵来，看向了别处。艾达又赢了。她将沉重的笔记本举到肩头扛着，越过他大摇大摆地走进了夜店。

作为一个有些岁数的人，如果要写当下年轻人的生活，自然会将自己年轻时的经历作为素材来源之一。浑身洋溢着年轻活力是什么感觉？最初见识到的世界是什么模样？总有些东西是永恒不变的，如果你能把握住这种感觉，那你已成功了一半，即将创造出令人信的二十一世纪初年轻人的形象。

然而还有些东西是改变了的，如果你对此无法把握，那剩下的一半路程你永远也走不完。创造一个处在当下的角色时，你必须掌握当下人们说话的方式。俚语会变，穿着打扮会变，人们对性、工作、自己或他人身体的态度看法也会变。越是红极一时的时代细节越容易转瞬即逝：到了2005年，"万维网"这个词听起来就像是从某个老头子嘴里蹦出来的。如果要写一个置身于当代文化中的角色，你自己必须熟悉当代文化。

你可以使用自己熟悉的惯用语——其实我们也推荐这种

做法——但如果你写的并不是远古冰冻实验这种偏离既有轨道的故事，那最好还是把小说背景放在这些惯用语仍盛行的年代。

先发制人
作者预感到会有批评声

如此一来，我们发现自己竟已大获全胜，横亘在我们之间的所有障碍——曾经看似多么坚不可摧的障碍——被一扫而空，现在就我们两人在岛上家中的泳池中嬉戏，如同下方海湾中的海豚一般欢快而安详。一切都如此顺利，如此完美，令人称奇——如果我在哪本书中读到这种情节，肯定不会相信这是真的。

"你是我黑暗中的光芒。"米丝蒂一双蓝眼眸含着泪，朝我倾诉道。

我笑了，不敢相信真的会有人这么说，也不信会有人把这话当真。这真像是哪部烂片中的台词。但真的在现实中听到这话时，给人的感觉又是如此不同。

在这里，疲惫不堪的作者已经无法再否认自己写得很糟糕，但仍然试图躲过读者的批评，所用的方式是自行承认小说中犯下的明显错误。作者常常会让角色为其问题开脱，虽然这些糟糕的场景像是发生在小说中似的，但因为这是真实生活，所以不该受到批评。

这当然就是小说，没人会被你糊弄过去。

解决问题的方法有十二个步骤，承认问题的存在只是第一步。读者不会仅仅因为你承认了问题的存在而接受小说中莫名其妙的巧合或老掉牙的套路。你必须继续下去，把问题彻底解决。与此相关的另一个常见问题是，作者试图通过让角色否认明显存在的问题来制造悬念：

> 哈！我竟然会冒出这种想法。我的新男朋友是吸血鬼？怎么可能！就因为他皮肤苍白，白天从来不见人影，晚上又会神神秘秘地出去一趟，回来的时候脸上带着满足的神情，而且我的朋友一个个消失了？……荒谬！现实生活中根本没有什么吸血鬼，我一定要把这个疯狂的念头从我脑子中赶出去！

等到角色被现实甩了一巴掌——他确实是个吸血鬼！——没人会感到惊讶。如果你想对读者隐藏什么，就藏好，让主角此地无银三百两地反复重申可没什么用。

天鹅之歌

角色无视正在发生的场景，只顾回忆另一场景

走进奢华的曼哈顿派对现场时，贝蒂·乔感到一股空虚无聊之感席卷全身。她多么希望自己现在回到了家中，跟家人待在一起。她会在门厅随意弹拨班卓琴，爷爷在一旁拉小提琴。她多么怀念年幼时在水汽氤氲的河边度过的那些夜晚啊！妈妈会煮上一大锅克里奥耳特色的动物内脏美食，爸爸则坐在角落抽烟，猎狗在他的脚边打着盹儿。

唱完约德尔歌曲之后，她会坐下来，一连好几个小时盯着天上的星星胡思乱想，一边拍打着从棕榈丛中飞到她脸上的小飞虫。对她来说，木兰的气息和家中简易烹饪的食物香气比任何法国香水都要来得迷人。

两个小时后，她离开了派对，期间没有跟那些自大的北方佬说一句话。在出租车中，她任由自己沉浸在对家乡的思念之中。

作者把角色放入一个场景中，却不想描述该场景，转而去想象那些自认为更有意思的东西。

她想象这间舞厅过去的样子。

我盯着窗外，想起了纯净无瑕的北极雪。

她想象着雷纳尔多在场的场景。

角色回忆发生在其他时间和场合的往事完全没有任何问题，只要回忆中确实包含重要信息，只要当下场景中最终还是有故事发生。可是，如果回忆或幻想彻底取代了当下场景，读者必然会产生疑问：既然不准备让角色跟谁说话或跳支舞，作者又何必在一开始把我们带到派对现场？

第五部分

糟糕的小说什么样

吉姆知道，这将是一场艰苦卓绝的持久战，
而且大多数时候他都将孤身上阵，但一定会有那么一天，
在特拉华州可以选择穿长裤！

你的小说和角色一样有着内心世界和外部环境。外部环境就是设定——发生故事的实体世界。许多作者通过小说中的世界和发生在其中的故事来传递信息，同时表达潜藏的主题：小说的内心世界。

尽管糟糕的小说构建的外部世界——建筑、树木、猫——往往大同小异，但每位作者似乎都碰巧找到了自己想要传达的独特信息，并持之以恒地走在这条不归路上。等待成为小说家的队伍中满是大屠杀否认者、质疑女人是否有灵

魂的男人以及艾茵·兰德①的追随者。这是将出版商拒之门外的法宝。任何一部糟糕的小说所传达的整体信息，都应该可以让最忠实的第一修正案②绝对论者渴求臣服于思想警察③。

至于小说技艺方面，要记得读者是没有能力自行推断的：必须在每一页上都毫不含糊地说明你想要传达的信息。必须大段大段地解释方才上演的场景证明了"罪有应得"的道理。回到故事发生的场景，奥赖利中士对他的同伴说："杰克，这是为了证明'罪有应得'给你看。"但也许读者还没明白，甚至还不同意你的观点。那就加进一个场景，让某个角色不同意之前说话的玩偶的观点，让这个角色被嘲笑、被羞辱，最后惨死在失控的电梯中。做得好！你成功地让《当扒手必然下地狱》的读者再也不会读该作者写下的任何一个字。

不过，在公布信息之前，你需要留意一下故事设定：你的故事将在何时、何地发生？社会环境如何？构成外部世界的砖石和灰泥是什么样的？有个好办法就是将这一切全部省略。让读者不停猜测故事发生在何处，角色生活在哪个年代，他们慢跑、洗蒸气浴或挂在了悬崖边上时是否处在某个特定

---

① 艾茵·兰德（Ayn Rand，1905—1982）：俄裔美国人，二十世纪哲学家、小说家和公共知识分子，其哲学和小说强调个人主义的概念、理性的利己主义，以及彻底自由放任的市场经济。——译者注
② 第一修正案（First Amendment）：全称美国宪法第一修正案，规定的内容包括不得妨碍宗教信仰自由，不得剥夺言论自由，不得侵犯新闻自由和集会自由。——编者注
③ 思想警察（thought police）：用于镇压思想自由。——编者注

时期。你要尝试打造出一个虚无的世界，在其中时不时冒出一个电话听筒或一对乳房，就因为主角突然想用这些东西。

你写的是美国间谍在铁幕后操纵政治的惊险故事吗？那第一章就写一个名叫兰迪的人吃着巧克力担心体重问题，篇幅拉长一点。你写的是与来自奥奇星球的超高智商仙人掌人打仗的科幻故事吗？那就尽管照着巴顿将军的某场战役写，唯一的不同是为步枪和大炮的名字都加上"蒸汽式""等离子"或"费曼"之类的前缀。最好要让仙人掌外星人受伤时用稍微古旧的英语咒骂，不要用"绿色"以外的词来描述这些人物。甚至一个背景设置在康涅狄格州城郊的"爱与失落"的故事也要让读者摸不着头脑。读者并未被告知该故事在康涅狄格州城郊发生，因而面对"那座房子""那家饭店""那个镇子"这样的词句只能徒劳地想象这些场景该有的模样。

既然你已经毁了情节，全歼了角色，下一步自然是破坏故事的整个环境和世界观。以下是我们给出的一些基本策略，助你打造出不适合任何人生存的虚拟世界。

第十三章

设　定

这是个平淡无奇的小镇。

大街上熙熙攘攘的人群，臭水沟旁巍然耸立的高楼，湛蓝的天空 —— 其中蕴藏着大把的机会来让你的读者感到困惑、惊慌，乃至恶心。接下来向你展示如何充分利用这些要素。

骗子肖像册

对技术参数（或鞋子、住所等）的细致描写令叙事中断

自从第一次收到指派任务以来——见鬼，其实是生平第一次成为国际特工以来——詹姆斯·格鲁夫不知道自己还能不能回到总部去。他猛然加速，

车子一溜烟地窜了出去，麦德林企业联盟的持枪人员正对他紧追不舍。他准备用老招数躲开追杀，但逃出这个国家的线路据他所知只有一条，而通往该线路的每一条路上都驻扎着武装部队。

格鲁夫继续加速，挂上三档，与追杀者拉开距离。这是一辆 2006 年的蒙塔尔班跑车，前后都有双横臂式悬架，轮胎性能一流。内饰是品质最佳的柯林斯皮革，绣有人字平行花纹，配有一体式头枕和电动调节的腰部支撑。他一边开车，一边看着电动控制可收回的后视镜，镜子的内加热功能令其在极端天气中也能清晰如常。他一脚油门，血红色拉夫劳伦鞋的鞋跟扎进地毯中，地毯由品质最佳的什罗普郡羊毛制成……

不管是逃亡用的车子、谋杀用的武器，还是情侣偷偷摸摸释放激情时所用的那张床——这些都应该是背景。背景是需要描写，但不能细致到遮住了本该进行下去的故事情节。

大多数作者从不会碰到这种问题。比起描写过多，毫无描写或草草一笔的情况要常见得多。但少数一部分作者极度痴迷于主角拥有的东西，热衷于描写主角所住的公寓、所戴手表的各式细节。

有时候是因为作者发现自己有描写方面的才能，便试图

借助描写来传达关于情节的一切信息。发生在酒店中的恋爱
场景可能有好几页是关于面料支数的内容，其中只穿插了几
行绵绵情话。有时则是因为作者对复杂的小设备、武器或设
计师品牌服装怀有特殊的热情。所以故事一再中断，一停就
停上好几页，情形怪异，像被植入了许多广告。

　　尽管面向年轻女性的小说必定会把名贵鞋靴描述得令
人垂涎，高科技惊险小说中如果没有了震撼的科技描写，就
只剩一具狂热的空架子，然而这种描写适量即可，过犹不及。
另外也要选对时机，一般来说应在动作发生之前，比如说主
人公耐心地卧倒埋伏之时，而不是他奔跑躲藏，疯狂地向目
标开火之际，你细细描述道，他用的是一把鲁格 SP 101.357
不锈钢左轮手枪，侧板可拆卸，25 盎司的重量有效减轻后坐
力，但整体造型紧凑，足以轻松装进一般的裤子口袋中。

　　当今娱乐趋势让以下这种情况也愈发常见：

美食频道

作者中断叙事，开始介绍特色菜

　　"这里的海鲜很出名。"格鲁夫边说边密切注意
普埃夫洛·埃斯帕德瑞勒的反应。要是埃斯帕德瑞
勒怀疑他是美国缉毒局（DEA）的卧底特工，格
鲁夫绝不可能活着离开这家饭店。

侍者把他们点的菜送了上来，正当他们准备大快朵颐时，埃斯帕德瑞勒的保镖埃斯托马戈打断了他们。埃斯托马戈双眼紧盯格鲁夫，凑过来在埃斯帕德瑞勒耳边低语了几句。一丝警觉的神色浮现在埃斯帕德瑞勒脸上，他立马换上标志性的冷酷表情，盯着格鲁夫，仿佛对他有了新的认识。他挥手让埃斯托马戈退下，双眼一直紧盯格鲁夫。他平静地说道："格鲁夫，这么看来你很想吃这些东西？让我们像文明人一样一起吃这最后一餐吧。"

埃斯帕德瑞勒的鹧鸪肉盛放在慕斯上，佐以藏红花和酱汁。格鲁夫点了"北欧神明"，还得到了丰盛的配菜，是带有装饰的刺山果花蕾肉冻冷盘。他们开开心心地吃了起来，配上酸辣酱，每一口都滋味十足。同为美食家，两人并不心急，慢慢品尝着佳肴，让美味在唇舌间绽放。两人甚至停下来互换了部分食物。

格鲁夫知道自己可能吃不下甜点了。但当甜点车推过来时，他依然无法抗拒。

"我要来一点烤饼。"他说道。埃斯帕德瑞勒要了世界闻名的碧根果。当两人埋头于盘中美食时，一切又都安静了下来。

节约原则适用于所有与食物有关的场合，显然也应该括小说中的进餐场景。然而写小说的新手常常感觉必须要列出餐桌上所有人的菜单，还得让读者时刻感知这顿饭有多美味或多糟糕。

在现实生活中，人们确实不可能在吃饭时对土豆泥的好坏不做任何评价。小说不可能全然模拟现实生活，这便是无法复制的情形之一。对于角色进餐场景中与食物有关的内容，你唯一需要向读者报告的，是能够推动情节发展或渲染氛围的信息。

如果普埃夫洛的果汁冰糕被下了慢性毒药，我们很乐意看到对他吃下冰糕场景的详尽描述。同样道理，如果格鲁夫没法用筷子夹住饺子，从而暴露出了自己的紧张，或者在弯下腰去捡掉落的饺子时发现桌子背后粘着某些设备，这种细节请尽量多地告知我们。

否则的话，食物的情节应该速速带过。

如果你的侦探是个美食家，或者你写的是两名厨师之间的浪漫故事，那当然需要酌情研究一下食谱。但即便如此，也不要因为角色经过了一家不寻常的糕点店而把飞车追逐的戏份给停了下来。

神秘的经济状况

角色的资金仿佛凭空冒出

从纽约东区的套房公寓离开时，瑞恩·韦斯特稍作停留，叹了口气。又一次试镜毫无任何回复，她已经好几个月没有获得角色了。要不是知道能够治愈一切的"购物疗法"，她应该已经陷入无尽的失落中了。感谢老天让她住在巴尼隔壁！

她花了一个下午在令人眼花缭乱的衣服中尽情挑选。她脑中时不时蹦出去短期工中介登记一下的念头，否则自己哪来的钱支付待在威尼斯豪华酒店三周的费用？而且家中客厅也急需安装新的导轨灯。更别提她还约了明星美甲师路易斯来给她做指甲。要是像宾基一样生在富人家，她就能放松下来专心搞她的艺术了。

在某些特定的场合，读者愿意暂时搁置怀疑的念头，对奢侈生活来一场幻想。没有人会质疑拿着一份政府公务人员薪水的詹姆斯·邦德怎么负担得起那么多昂贵的套装。如果设定过于不可信，读者也不会买账。角色为了追随偷走他心的女人满世界地跑，那他必须有足够的经济来源来支付他的巨额旅行开销。周末去开飞机的角色也需要有足够的收入来支撑他发展出如此费钱的爱好。

如果用粗浅的方式试图将主角神秘的经济来源正当化，亦有可能引火烧身。"不知为何瑞恩就是很有钱"这样的解释远远不够。让瑞恩继承一笔丰厚的遗产，或者解释说瑞恩为了追求艺术，最近刚刚从一家顶级律师事务所辞职，只有当这些设定契合小说所构建的世界时才能奏效。也就是说，这笔钱的来源必须合理，必须跟角色的过往真实经历相关。曾经的律所合伙人应是被律所聘用过，并且在该专业领域取得成功经验，也就是说其年龄不该为 25 岁。

你的角色完全可以中个大奖（捡到一大包钱，或者继承了一座城堡），只要你写的就是中大奖的故事，就如同读者也会欣然接受外星人入侵的情节，只要你写的就是该题材的小说，而不是在农业改革题材的小说的后半段莫名塞入了外星人入侵的情节（参见第 31 页的《为什么说你的工作比上帝的还难》）。

角色设定：正派、反派、丑角

如果你发现自己笔下的小说进入了以下几种世界，请赶快抽身离开。

花花公子的豪宅

有些故事中的角色全是长相漂亮的人。如果故事发生在模特经纪公司，如此设定没有任何问题。但如果故事发生在警察局、高中或其他任何常见场所，长相出众的人出现的概率应该跟真实生活中的情况一致。

须后水广告

在与主人公认识五分钟后，一位美女宣称自己已被主人公深深吸引，她无法解释其中缘由，读者也无法相信这种设定。（如此情节也会出现在香水广告中，但没那么常见。）

我也是！

在这个世界中，所有角色都是自由派，所有人都听即兴乐团 Phish 的歌，都通过水晶疗法解决自己的问题……

单身汉派对

有些男性作者会不假思索地缔造出一个全由男性组成的社会，只有一种情形是例外——当主人公突然想要温存一番时，就会咻地变出个女人来。这种情形在科幻小说中尤为常见，显然很多作者都假定女性这个物种在未来已经灭绝了。

乡村俱乐部

每个角色都是处于社会中上阶层的白人。如果你的故事不是发生在瑞典的乡村，那么就会给人一种世界已进行过种族清洗的诡异感觉。

戴安·阿勃丝作品回顾展

这个世界满是模样恐怖、愁容满面、奇形怪状、备受摧残的边缘人物。每个人物出场时，读者都有机会遇见又一个卑鄙的恶棍或染有毒瘾的妓女。这个世界有着严格的着装要求：所有衣服都要俗艳、不合身，或污迹斑斑。出于我们无法得知的原因，所有角色都把大量时间花在了搭乘交通工具上。

第十四章

研究工作及相关历史背景

"给我的专利律师打电话！"托马斯·爱迪生大喊道，
"我发明了电话！"

当你坐下来，准备写成吉思汗征战天下的故事时，眼前有两条路可走。第一条是花上几小时劳心费力地做一番研究，将他人的成果整合进自己的故事中，写得栩栩如生。以下则是第二条路。

 **"你好！我是中世纪骑士！"**

角色自行阐述历史背景

武士将剑插入鞘中，盘腿坐在垫子上休息。艺伎一边对他笑，一边优雅地插着花。

"啊，民子，"他说道，"明天我要发动战争，这正是武士应有的做法。如果我们无法获胜，尽管看起来有点讽刺，我也将结束自己的生命，否则的话，战败将成为我们整个氏族的耻辱。"

"是的，"她优雅地笑着说道，"你要先向西切一刀，再向西北方向，再向东，跟你的先人战败时做的一样。"

"但是，"他狡黠一笑，"至少在我们的文化中，肉体的欢愉不会招致反对，我听说某地的野蛮人惯于反对这种形式的享乐。在这里，如果我想要享用一名女性，可不会跟什么羞耻感挂上钩。"

艺伎柔柔一笑。"哎呀！"她说道，"不过这个家长制社会对人施加了双重标准，我就是受害者。这项传统职业给了我耻辱的印记，让我无法期盼一段像模像样的婚姻——即便艺伎在高雅艺术方面接受了相当程度的教育。况且艺伎从根本上不能被算作娼妓。"

这是《"你好，我是妈妈！"》（第 168 页）的又一版本，这里的角色着了迷一般地讨论着自己文化中的价值观和常见行为。维京人每碰到一个人就开始解释维京人的习俗，尽管他碰到的每个人都是维京人。

还有个变异版本是反叛的主角就其身处的社会中从未被质疑过的价值观提出质疑，而其依据其实是作者自己那从未被质疑过的美国当代价值观。尽管某些时候（比如说女主人公对旧式礼教的束缚感到恼怒）读者可以接受这种写法，但也要确保角色持有的叛逆立场在小说所构建的世界中站得住脚。

有个可行的技巧是为满是维京人的世界引入一个外国人，让双方发生误解，再进一步探讨这种误解，从而制造机会提及各自的文化特色。如此一来，维京人就可以尽情描述他们的文化，而不会因为牵强显得不可信了。

历史小说和来自陌生世界的挑战

无论是仙境、外星球还是蒙古帝国，如果小说设定在读者不熟悉的世界，比起写一个发生在美国随便哪个小镇的故事，作者总要多花一点力气来做一点研究。

如果你说故事发生在 1999 年新年前夜的时代广场，那么此时读者脑中已经有了场景画面。可如果你说故事发生在鑫鑫季全盛时期的最优星云星，读者脑中仍是一片空白。读者距离故事所处的世界越遥远，作者要做的构建工作就越多。故事以 1914 年的美国作为背景会需要大量的渲染铺垫，但不会有 1514 年的意大利那么多。如果故事发生在公元 914 年的中国，则需要有大量篇章来介绍当地的风俗、衣着和建筑等内容。

对于缺失的细节，读者下意识地会用自己世界中的细节加以填补想象。比如说，你写到星云星的加尔多坐下来吃早餐，如果不描写一下早餐，天天早上拿水果甜甜圈果腹的那些读者在某种程度上会认为加尔多吃的也是水果甜甜圈。

科幻或奇幻小说的世界应是前后一致且令人信服的，历史小说的世界则要确保与真实的历史相符。为此，有些作者会将中世纪社会进程或整段中国军事史放入自己的小说中。如果处理得当，对读者来说无异于珍贵的意外收获。不过要想取得良好的效果，历史事件的写作至少要达到优秀写实文学的水准，风格也要类似。

为了让读者了解小说所处的历史时期，有一个常用技巧叫作明星大牌客串，即让身为凡人的主角与查尔曼大帝、维多利亚女王或本杰明·富兰克林等读者有所耳闻的历史名人发生关联。如果小说的主人公是王室的私生子或在本杰明·富兰克林的印刷厂当学徒的孤儿，这一招应该会奏效。不过如果这样的设定所起的作用就像在电影开头插入了一段埃菲尔铁塔、凯旋门或者法棍面包的剪辑画面，那还是写点别的吧。

最重要的是，如果作者本身觉得历史很无聊，那写下的历史小说必然也让人没法读。既然自己在读最爱的小说时跳过了所有描写历史的片段，作者决定帮读者一个忙，干脆把自己小说中的历史段落也都省略了。尽管小说的背景设定在英国的都铎王朝时期，但作者压根不知道这是个什么样的政府，那时的人们靠什么为生，信基督还是信拜火教，所以作者干脆没提都铎王朝的名字。对于与设定相关的信息，有时候作者干脆全部省去，有时候就根据自己对中古世纪题材剧集《战士公主西娜》的模糊记忆胡乱拼凑一番。

尽管历史研究的结果不一定会出现在小说中，但历史研究和所有背景信息的地位同等重要，作者需要明白这一点。否则角色的表现不会像正常人类，故事也不会像发生在某个有模有样的地方。

芝诺的 iPod

历史小说中不合时宜的错误

柏拉图掏出铅笔，打开笔记本，开始写一段新对话。

印第安公主波卡洪塔斯解开胸罩，朝约翰·史密斯淘气地眨眨眼。

"你要把那个三明治吃完吗？"古罗马百夫长问道。

人多数新于作者都会按照自己熟悉的环境来设置故事背

景，作者对那些日常细节——人们吃些什么，穿成什么样，怎么处理土豆——全都了如指掌。而一旦要涉及年代、位置都相隔甚远的世界，常常会发生错得离谱的情况。当然，人人都知道骑士没有枪，恺撒大帝不是开车去的元老院，中世纪的医生开出的处方是蚂蟥，而并非伟哥。但有时一枚回形针、一本简装书或一支樱桃味棒棒糖竟会出现在查理曼大帝的宫殿中。就算作者有意或无意地忽略了这种矛盾之处，而此时不管读者对历史无知到哪种程度，也不可能对这种问题视而不见。

请记得要一再检查，杜绝年代错误这类细节问题。要知道，一只误入的篮球就足以将你精心构建的维京传奇毁于一旦。

"嘿，查理曼大帝，那场大战打得怎样？"

作者未能用好习语

"米开朗琪罗先生，穹顶画得怎么样了？"西克斯图斯教皇步入教堂，问道。

米开朗琪罗一开始没有回答。为了在天花板上作画，他一连好几个小时保持怪异的姿势，背已经弯得吓人。他没法确保自己能保持礼貌，不过到最后他还是翻过身来，努力朝教皇挤出一个礼貌的笑容。"早安，教皇陛下，一切正在进展中。"

　　教皇微笑着，准备切入那个艰难的话题。尽管他私下觉得这位艺术家有些许与其身份不大相符的自负，但他依然十分痛恨不合乎礼仪的对抗行为。"是否有完工日期？"

　　米开朗琪罗立刻不再淡定，他嗤之以鼻道："你们这些人就知道叽叽歪歪！都看不出来我正拼命干吗？"

　　爱看《比尔和泰德历险记》的人都熟悉一名古希腊哲学家说起当代新泽西用语时的滑稽场面。如果时代错位并非有意为之，那只会带来令人尴尬的结果。不仅当代事物的乱入会造成时代错位，任何带有现代气息的东西都会。约翰王沉浸在抑郁的痛苦中当然合情合理，然而一旦出现"约翰王感到抑郁"这样的句子，立刻就将现代心理学整个拉进了十三世纪中。

　　解决语言上的时代错位问题要比解决实体物件上的时代错位困难得多。一样东西可以很轻松地去除，但当作者努力尝试与某个时代的语言风格一致时，往往会写出一些别扭不自然的东西。"确实，我的夫人在最近这些苦难中感受如何呢？"不会比"麦克白夫人，最近你过得如何？"更令人信服。

　　解决该问题的唯一办法是研究你所涉及的历史时期的文学作品，同时研究你所信赖的当代作家关于该时期的小说，然后反复修改你的小说，直到找到折中方法。

那叫什么来着？

作者暴露出研究方面的缺失

　　建筑师很欣赏这幢建筑的搭建方式。它是全石结构的，有很多曲线，看着就像一座古老的教堂。

　　物理学家眯眼看着显微镜。这种原子真是棘手。

　　但我有一整个军队可用！总统突然记起来。他打电话给国会，让对方宣布发动战争。

　　如果你准备写一个拥有专业知识的角色，而你并不具备这种专业知识，尤其当拥有专业知识是该角色的主要特征时，你必须设法避免犯下该专业知识方面的错误。每种专业都有其术语，其中出现的事物也各有专有名称。当角色遇上这些事物时，必须用专有名称，而不是用你自己的语言来称呼。

　　你的景观设计师不会用"很多漂亮的花"来称呼自己正在种植的东西，而会用准确的专业名词。你的验尸官角色在剖开一具尸体时观察到的是"略微肿大的肝脏，露出些许坏死的组织"，而不会是"坏了的器官"。

　　这并不意味着你为了写与生物有关的角色就必须成为一名研究型的生物学家，但也别让你的角色提及自己的研究内容时说出"肮脏的细菌"这种词句。作者拥有的知识总该多过其表现出来的那些，所以说，尽管阅读与主题相关的通俗资料是个好开始，但涉及一些更为专业的资料以对你的主题产生更深的感触，这么做绝无害处。

也许你无法完全理解聚合酶链式反应究竟是怎么一回事，但也能确保自己不至于让角色喝下一品脱"聚合酶链式反应"来治疗他的狂犬病。

随后梅尔·吉布森举起他的大砍刀

作者无意中进行了剽窃

然后我就看着这艘永不沉没的远洋巨轮沉入了冰冷深海。那一晚的夜空十分晴朗，闪耀的星光仿佛是可怕的冰山剐蹭撕扯巨轮时飞上天空、落入天堂的闪亮碎片。正是镀金时代那出了鞘的傲慢之剑令我们觉得有能力造出一艘永不沉没的巨轮，却对大量涌入统舱的人群视而不见。要是怯懦又冷漠的船员仍在不停地打开下层的舱门，许多位于下层的人很快就会溺死。

我可以想象出如此画面：舱内冰冷的海水越涨越高，一名母亲躺在铺位上平静地安抚着她的两个孩子，而其他人如动物般胡乱奔跑、踩踏，正符合富人们对他们的想象。随后，上层甲板上出身名门的那些人很快也显露出不同的素质来：有人无所畏惧，举止高贵，身着优雅的晚装却情愿牺牲自己以帮助他人；有人却一门心思只想登上救生艇，为此甚至披了条披肩来假扮女人。我认为这起灾难对于脆弱的富人来说是次教训，他们自认为知道所有东西的价钱，但其实，他们对事物的价值一无所知，对有梦想的画家充满价值潜力的画作也一样无知。

除了历史学家，我们所有人都会下意识地从周围的文化大杂烩中汲取点滴零碎来拼凑出对历史事件的想象（也许连历史学家也会这么做），尽管如此，你不能仅限于对大热的文化作品做详尽的研究。也许有些读者没看过那部关于乔治国王的电影，但有些人就能一眼认出你从中剽窃了哪些场景和细节。有时候这种剽窃是无意识的，所以当你写下陷入绝望中的南方美女将天鹅绒窗帘做成一件礼服的情节①，并将此作为小说重要转折点时，你很有必要停下来仔细考虑一番，读者是否会觉得该情节似曾相识呢？

阶级斗争

作者竭力想象自己不熟悉的阶级

"你好，先生。"孀妇傲慢地说道，让专向富人

---

① 该情节在电影《乱世佳人》中出现过，这部影片改编自玛格丽特·米切尔的小说《飘》。——编者注

推销保险的塞巴斯蒂安·斯基平亲吻了她的手。门口聚集了一大群管家，个个戴着白手套，头戴高顶礼帽，看上去一尘不染。这时，一个随从穿过人群，呈献给孀妇的女儿即女继承人一顶钻石头冠。

"啊！这是伦敦来的侯爵送的。"女孩激动地高声喊道，紧接着甩了随从男孩一巴掌，他竟敢看她！她又想了想，准备跟他偷跑出去，因为她已经到了想去下层世界探险的年纪。她正做着白日梦，斯基平却悄悄来到她身侧。"小姐，"他轻声说道，"你是不是应该把这个宝物遮起来，别让小偷盯上了。最近曼哈顿岛上总有飞贼出没呐。"

* * *

与此同时，生在贫苦家庭的弗利普和斯拉皮点燃了大麻烟卷。他们坐在毒品站内，蟑螂和白蚁在成堆的脏针头上爬来爬去。"该死！"斯拉皮说道，"这玩意儿真猛！"

弗利普笑了，他捡起地板上的白粉袋。"没错，兄弟！"他喊道，"我嗑过最猛的药就数这个了！"

一个世纪以来，自从斯科特·菲茨杰拉德和伊迪丝·华顿这样的作家写出了观察社会阶层的小说，美国人已欣然接受社会阶层流动和无阶层社会的观念。我们不准备从真实性和政治的角度来探讨这些观点，但从经验看来，阶层的差异永恒存在，而且事实上是最难被忽视的问题之一。

对于我们未曾接触过的人群，其生活状态的物质细节可以通过研究得知，但他们身处这个阶层的感受和态度却无法轻易被洞悉。我们不是假定其他人与我们拥有一样的思维模式，就是无意识地从电视节目和老电影中截取片段来拼凑概念。某一特定亚文化中人们的沟通方式、默认的习俗等信息很难从书中获知，所以作者在这方面的做假行为也能立马被读者识别出来。

如果只在电视上见过公爵，那么你虚构出来的公爵的所做、所言、所思和穿着都会显露出你从未接触过公爵。如果你不曾在监狱待过，很有可能你对监狱的描述，相比起真实的监狱，只是工作的地方多加了一处集体淋浴室。

对于某阶层最有效的研究手段不是花时间亲身去体验，就是深入研究历史学家所谓的"第一手资料"——来自该阶层的人所写的书、口述材料和文件资料。

研究论文

作者研究过度

研究型生物学家坐在公园长椅上，尝试集中精

神思考。她盯着阳光下闪耀着光泽的青草。尽管在
一般人看来一切平静如常，但她知道在眼前这些看
似卑微的有机体内，每秒钟都有 10^{24} 个 CO_2 分子
正在转变为葡萄糖和氧气。但卡尔文循环的光辉和
对细胞呼吸至关重要的三羧酸循环之复杂性对她起
不到什么安慰作用了，因为她的丈夫休跟他的秘书
搅上了，两人之间发生的关系起源于 270 万年前
藻类在繁殖活动上的创新！

非常感谢你按照我们的要求去做了研究。我们知道做研
究不容易，有些内容还相当枯燥。而其他内容则非常迷人，
以至于你自然而然地想要将这种打开大门让知识涌入的感受
传达给你的读者。但请小心行事。

咖啡厅侍者在怀有职业热忱的验尸官角色眼中有可能是
一堆等待解剖的器官，她也有可能在心中用一长串拉丁语词
汇对自己描述了一番解剖过程。但更有可能的情况是她看到
了能给她送上星冰乐的人，心中想的是"这些卡路里对我来
说会不会太高了"，跟其他任何人一样。

请将你的研究成果限定在适于展示专业知识的段落中。
我们不想让一名天文学家看着夜空说出"漂亮的光线"，也不
想让他在每次搅拌咖啡时都想起促成星系形成的数学原理来。

第十五章

主题思想

一天早晨，格雷戈尔·萨姆沙从睡梦中醒来，
发现自己变成了一个巨大的符号。

啊！主题思想！诱人的主题思想！你是机器中的幽灵，桃仁糖中的牛轧夹心，削足适履时的那只足。谁能够抵抗得住"尽情发表意见"的致命诱惑？我们随后将向你展示如何为故事赋予极高浓度的意义，让主题意义成为任何故事都无法逃脱的黑洞。

 **序 曲**

将开场白写成人生意义的简要指南

开场白

生活即命运。世界大同，且丰富多彩。即便世界有其起源、发展和终结时刻，但没人能说出世界究竟何时终结。我们只能随波逐流，将希望寄托在下一代身上。

一个人出生，随即用他比喻意义上的双手和膝盖在整个人生中摸爬滚打，四处寻觅——永无止境地寻觅。寻觅。直到死前仍在问这个问题："我究竟在寻觅什么？"

自从"宇宙大爆炸"的碎片形成了地球，一代又一代的人诞生，努力在这个混乱的世界中活出自我，却压根不知道所谓的自我是真正的自我，还是只是空间和时间的滑稽表现或虚幻梦境。意识之利剑会解开关于永恒的谜题吗？答案就在我们自己手中——如果我们能够解答的话。

但正如尼采所说："一切皆有时节。"[①]于是接下去便是哈利·卡拉瑟斯的时节：保险推销员、父亲、情人和永远在寻觅的寻觅者。

你写的是一个男人跟家里保姆搞婚外情，以致失去婚姻、孩子、家庭和保姆的故事，但这个故事不仅与这个男人相关，还与我们所有人都相关，事实上还与人类的处境相

---

① 出自《圣经》中《传道书》第 3 章。——编者注

关，甚至可能关乎宇宙的终极意义——尽管这么说似乎自大了些。为了表达这种主题，还有比写下一个将哈利和宇宙万物联系起来的深刻开场白更好的方法吗？

问题在于，此时在读者看来，你不过就是个有点想法的人。就好比你喝醉了坐在吧台椅上自问自答："想知道我的人生哲学是什么样吗？好，让我来跟你说说……"然而你还没有让读者对你的想法产生敬意和兴趣，还没有将读者带到你那以哲学为情节核心驱动力的世界中去。

我们花钱买书是为了消遣，不为上课。你的信念也许很有意思，能发人深省。不过如果我们想要了解这方面的内容，一开始就不会去买虚构小说。

适时顿悟

符号的象征意义轻易被挑明

沿着长岛高速公路谨慎开车向前时，薇薇安的脑中乱成了一锅粥。工作到这么晚，一阵愧疚感向她袭来。她能在做好母亲角色的同时仍然保住媒体购买员的工作吗？右边传来尖利的喇叭声，她看过去，发现开车的是一个秃顶的肥胖中年男子。他汗津津的一张脸涨得通红，看着像是有突发性心脏病。而她的丈夫莫特，正是被突发性心脏病夺去了生命，在这之后她只好用自己匀称健美的肩膀扛起生活的重担。

她拒绝变成他那样。尽管要与职场上那些野蛮粗鲁的男人们竞争，她也不愿放弃女人养育后代的天性。经过罗杰乳业的广告牌时，看到嘴唇上方留着牛奶印的孩子们拿着玻璃杯伸向前讨要更多的牛奶的画面，她满脸放光，露出自豪的神色。正是她顶住办公室中男人们的反对声音，将广告牌立在了这儿。

也许她赢下牛奶案子这件事并非巧合，而她名叫薇薇安——含义是生命——也并非巧合。她突然意识到丈夫的名字莫特的含义是死亡。没错，男人们老一套的做生意方式就是意味着死亡。

媒体购买的世界现在对女人敞开大门了。女人们体贴的做事方式会为媒体采购带来改变，薇薇安正是一名践行者。这也是她的本能，是她身为母亲能给予自己孩子的东西。是的，她想，我可以既当母亲又做媒体购买，只要她的孩子能够理解她。

这时，她的手机响了。她打开扬声器，传来了孩子们的声音：

"我们爱你，妈妈！"

契合主题的情节触发角色的顿悟，或者主角的挣扎引出令角色和读者都信服的观念转变，这些会令人满意。然而如果具有象征意义的符号被莫名其妙地安插在角色前进的道路上，就等着让角色绊上一脚，随即令主角顿悟，这就招人讨厌了。

具有象征意义的符号与情节中的动作不应该一一对应，也不该彼此挨着出现，好像每个角色或动作与对应的符号手拉手站成了鲜明的两条直线，在你的故事里齐步走。最重要的是符号不能太明显。小说不能没有情节和角色，但是即便读者没有注意到你安排的符号，也不应该在理解上产生任何困难。

遮羞布

鱼和熊掌兼得

"然后就是那个红头发、身材超棒的妞，小小的个头胸却超大，她肯定不好追到手，你知道的，兄弟。"鲍勃奸笑着瞥了我一眼，暗示道。

"唔。"我试着表现出兴致来。他基本没意识到自己那一套大男子主义的言辞已经恶心到我了。

"没错，我把她带回家，立马把她衣服撕成了两半。不过她早就神魂颠倒了，哪在意什么衣服。

我开始舔她的胸，百分百的真胸哦，一点塑料也没有，你明白吗？老天，我真是按捺不住了。"

我叹了口气，勉强喝了口啤酒。这个毫无格调可言的酒吧中满是昂首阔步的女孩们，她们的上身被裹在薄如蝉翼的背心下，丰满的胸部呼之欲出。当她们扭着身子挑逗地来回走动时，超短裙几乎无法遮住其性感诱人的臀部。她们跟鲍勃仍身处同一个世界，在其中女人只能贡献身体，而无法因头脑和能力获得赏识。我正叹着气，一个醉醺醺的女孩微笑着靠上前来，露出诱人的乳沟，献上一席令人垂涎的肉体盛宴——她一点也不懂得，只有她的思想才能令我产生兴趣。

有时候作者既渴望呈现某种东西，又因意识到这种东西不被他人所认可而陷入罪恶感中。为了避免遭到批评，作者一边致歉一边继续忙不迭地指出由白人扮黑人的表演、脱衣舞和第三世界中廉价的奴仆设定对自己来说非常非常低俗，自己和其他任何人一样坚决反对这些劣习，甚至程度更甚！与此同时，作者继续陶醉在这些场景中，任何人一眼就能看出这就是他沉迷的世界。而最终呈现的结果往往令人想起六十年代有滥交之嫌的色情电影。

最好不要欺骗任何人，因为你骗不了任何人。如果你无法抗拒地想要呈现剥削他人的场面，那么公开赞颂自己的堕落也远比用小说来挑起本我与超我的恶战要来得好。

广告时间

借用

贾里德离开父母家，坐到了香农的车里。

"怎么了，老兄？"她问道。

他沮丧地摇摇头。"就是，我父母。他们真是，我不明白，真是——"

此时他听到电台放起一首歌来，正好说尽了他的心情。

"喂！声音开大些，行吗？"

两人随着音乐节拍点起头。

披着你的伪装

露着你那张脸

你不知道

我们看得出你双眼紧闭

你看不到我们看到的谎言

谎言撕裂我们的灵魂

我们的童年被卖了

换来三十个假金币

一曲终了，香农叹道："太像我们现在的状况了，好像他们真的知道一样。"

"没错。"贾里德说道，"真是说尽了我们父母的嘴脸，还有这个死气沉沉的社会，还有所有的一切。完全就是我们跟那个辅导员之间的经历的写照。"

"没错……这是'暴力反抗南瓜'乐队的怒吼。"

有时候，作者感觉光靠自己那点词汇量对完成手中的任务来说不大足够，便自行优雅退场，让角色偶然发现一首诗、一部艾茵·兰德的小说，或者马丁·路德·金《我有一个梦想》中的一段，借用他人的光辉来帮助自己陈述详情。但读者花钱买你的书不是为了了解歌手安妮·迪芙兰蔻对生活的想法，而是为了看看你自己对生活有何想法。

引用有时候也很奏效，比如在本身即关于音乐、诗歌等的情节中，将引用的段落与情节和角色的生活交织在一起。另一种成功的情形是引用部分不用于陈述情节信息，而是扩展了信息，或作者借引用的内容间接发表了意见，从而避免让读者感觉像是看了一支宣扬小说主旨的公益广告。不过一旦引用部分直接用于陈述情节，给人的感觉就好比作者想要请一天假，于是拉了个客串的来顶班。

餐后说教

作者挥舞大锤

"不，你没明白，普埃夫洛，"格鲁夫说道，手中的枪顶住这个颤抖不已的毒贩头目的额头。"不是毒品的问题，是钱的问题。钱会像毒品一样让人上瘾。你为了钱什么事都干得出来，瘾君子为了买到你的可卡因也什么事都干得出来，道理一样。当把钱看得比家庭、工作和全人类的责任更重要的时候，我们就迷失了。这就是为什么尽管跟你交往的都是些漂亮女人，你跟她们的关系却没办法深入下去，也没法让你满意。"

"我可听出来你有些嫉妒，混球。"普埃夫洛·埃斯帕德瑞勒讥笑道。

"哈！"格鲁夫大笑，"你为了钱牺牲一切，也就丧失了重视这些东西的能力。你觉得我嫉妒你有钱，事实上我唯一嫉妒的就是那位谦逊的小姐，她被你瞧不起，被你虐待，命运待她如此残酷，她却保有了尊严和爱的能力。她才是富有的那个，不是你。是爱的能力让我们成为人性王国的真正首领。"

角色和其他所有人一样有着自己的生活哲学。某一套生活哲学为主角和作者共有时，就由主角表述出来。适度的表述能起到良好的效果，让读者感觉到最为重要的不仅是角色自己的快乐，还有永恒的价值；同时角色也会像一个真正的同伴，与你一边一起消磨时间，一边聊聊对生活的想法。否则，读者会感觉自己正在被什么人用一本自助手册猛击头部。

还有一点要谨记于心：比起让角色通过行动表达主题思想，用言语声明其生活哲学需要遵循更高的标准。直接表述的思想必须新颖独特、机智巧妙，或真正富有洞察力。通过情节表达主题思想就简单多了，读者会一本接一本地阅读以"爱能战胜一切"为唯一主题的小说，因为故事情节能够将他们完全吸引进去。然而要是让角色就"爱能战胜一切"发表一番演讲，只会让读者两眼发呆，一脸茫然。我们都想看到"因爱大获全胜"的场面，但就算是头脑最简单的读者，也不愿意听到关于"爱的力量超级无比强大"的长篇大论。

教育片

设置阻碍

雨花不情不愿地走进星巴克。最近埃克森石油的泄漏事故对环境造成了不小的伤害，她一直沿河而下，收拾那些惨死的松鼠。由于当地的小商店大多已被摧毁，她找不到地方洗手，只好来了这儿。

洗手间锁上了，她便去柜台要钥匙。三个店员聚在
柜台那边，边看着她边窃笑。

"我能用一下洗手间的钥匙吗？"她尽量柔声
问道，"我得洗一下手。"

"噢，是吗？"其中一个女孩一开口，一股毒
死人的烟味钻进了雨花鼻腔。"我真不知道嬉皮士
也要洗手的呢。"另外两人爆发出一阵大笑，互相
击掌。女孩踢着冰箱下方的钥匙，那只巨大无比的
冰箱装满了可能致使成千上万儿童肥胖的精制糖和
乳品，仿佛带着一股子恶意斜睨着雨花。

雨花犹豫着退了出来，两只手上仍沾满油乎乎
的军工业毒物。她的自行车车身是她用枝条编织
的，她骑上去，踏上了回家的漫漫长途。一路上都
有司机透过车窗充满敌意地咒骂她，有人甚至想要
把她刮倒。

"喂！停下来！"

雨花看到气冲冲的胖警官朝她挥手，她被拦了
下来。

"你这荡妇，不知道这样骑车是犯法的吗？"
他拍着她的轮胎问道。

"哪样，警官？"她问道。

"好啊，你给我装傻。"他边说边给她开了一大

堆罚单。她站着，两只手火烧火燎的，都快把她
给疼哭了。路过的男人们西装革履，却个个视而不
见，只顾朝她挤眉弄眼，还对着那法西斯般的警官
赞许地点点头。

第 106 页提及的"无畏的揭露"在此处得到了更为全面
的展示，作者安排的每个角色、每种状况、每个设定都是为
了展现某种政治上的不公正。某些致力于宣扬某种观念的出
版社有时会出版这种类型的小说，但出版并不意味着真有人
会去看。

如果你想让自己的小说被更多人看到，请首先公开宣布
小说的主题就是阐明某种问题的错误之处。然后选择某些小
故事，对其在时间跨度长达几个月乃至几年的历程中发生的
改变加以描述，让长长的一系列不公正待遇显得真实可信。

举个常见的例子，我们现在处在希特勒执政时期，看到
当局对犹太人的迫害日益严重。但我们不会写特维在上班路
上被碰到的每一个德国人羞辱，总共遭遇了十八种不同的羞
辱方式。我们会写他在几个月内见证了几名不同角色境遇的
改变，有时他亲身经历了改变，有时他从别人那儿听来了一
些情况。偶尔特维也会忘记自己身处麻烦之中。

有时候作者会拼命捍卫一个全世界人都承认的观点，仿
佛自己四面楚歌，孤身奋战。当作者如一个不愿服从的观众般咄

咄逼人地争论说虐待动物有错时，读者先是感到迟疑，最终会被惹恼。是，你是说得没错，但何必对我们大吼大叫？

另一种可能是小说传递了一种无人认同的看法，这种情况可以分为以下三大类：

用邮寄的方式灌肠

作者的世界观与读者的毫无交集

离开家之前，我做了些常规训练，多重复了几下"肛门力量唤起"和"叉车"动作。把设备都清洗好后，我出门前往选区。我自信满满，沉浸在被训练释放出来的 Vax 能量中。该能量来自房屋结构，当初我选择这栋房子，正是因为看中了它的这一风水特点。

当我走过第八十八街和百老汇大街的交汇口时，一个女人突然停下，我身上散发的能量让她惊讶不已。让我讶异的是她竟然也是被选人之一。她用棕褐色与紫罗兰色的眼眸紧盯着我，命令道："上世纪八十年代的贵族，输出！"我知道接下来这一小时我没办法像原本计划的那样去破解卡博斯基谋杀案了，而只好用海因莱因贯穿法将我的 Vax 能量输送给这位凶悍的女被选人了。

　　人生的道路有很多种，选择某些道路，会让人离主干道越来越远。好的一面是让我们看到所有人都选择这条道路时将会迎来什么样的世界。然而，既然你写的是面向普罗大众的商业小说，更为明智的方法是停下来好好考虑一番，是不是大多数读者都会认同你对世界的这一构想？

　　是的，Vax 肯定有家喻户晓的一天，但你也不能为了促成这一天早日到来，就直接写成已到来。如果你的世界观偏离主流太远，你需要采用更温和且有说服力的方法来阐述。

　　而有时候，这不过是一种没多大生存空间的单一想法：

CK 激情迷惑香水（你知道他是犹太人，对吧？）

作者未意识到正在展现自己的固执观念

　　"你何不有空就打给我？我们可以一起吃顿饭。"女孩说道，一边腼腆地笑着。她在一张餐巾纸上飞快地写下自己的号码。

　　她皱着眉头全神贯注地写着，我的一颗心却沉了下去。这些浪荡女孩跟谁都能睡到一块去，她们没法控制自己——她不过就是其中一个。她们也不是享受性，女人从性行为中获得的快感还比不上我抓挠蚊子包时取得的快乐。让自己保持"吸引力"

　　纯粹是一种唯我主义，一种不会有尽头的渴求。事
实上，这些浪荡女子往往是隐藏起来的同性恋。

　　也许你从来没有一边让一根细棉线穿过消化道，一边吟
唱着"Vax! Vax!"但当你写作的时候，你深信的观念一定会
悄悄潜入你写下的一字一句中。

　　也许你持有的观点并没有那么不同寻常，只是你的态度
强烈得有点异常。许多小说都会涉及女人的表里不一，但极
少每一页均涉及。如果该主题被反复提及，读者会因感到焦
躁而产生疏离感，进而不再相信你那一套。作者在此处构筑
整个虚构世界的目的，似乎就是植入自己想要鼓吹的观念。

　　在小说中要谨慎使用不同寻常的观点，如果无法让读者
产生共鸣，那就通通删掉。最好只是展示观点，而不要写成
不容争辩的事实。记住，既然你着手开始讲故事，那你的目
的就是讲故事，而不是揭露终身教职制度的伪善之处，不是
指出不必要的牙根管填充治疗的严重危害，也不是宣扬通用
夏令时的好处……

旷野之声

展示被普遍唾弃的观点

　　犹太女人断气了，司令啜泣着放开她的手。尽

　　管党卫军医生已经尽了全力，卫兵也自愿加班加点
照顾病人，看护人努力防止疾病扩散，奥斯维辛还是
有很多可怜人不敌斑疹伤寒而死去。看护人无法让他
们好好下葬，而被强行要求焚烧全部尸体。当然，盟
军那边的报告仍然一如既往地写着"死亡集中营"。

　　*一想到自己和同伴们宁愿自己饿着肚子也要让
盟军俘虏吃得上饭，却反而被这般妖魔化，他就气
得浑身发抖。*

　　*总有一天，他想道，总有一天他们做出的牺牲
会为天下所知。*

　　也许你坚信这一观念，也许你感觉某些利益集团或美国
中情局蓄意隐瞒了真相，也许你觉得自己的小说将解开尘封
的阴谋，最终令"真相"大白于世间。

　　或者你觉得展示反传统的疯狂观点能够提升你小说的销
量。打造一个孩童和恋童癖互相倾慕的世界怎么样？市面上
你可买不到这样的故事，到时一定会大卖特卖！

　　不可能。不管你是表达个人信念，还是只为了惊世骇
俗，这种故事不会有上架售卖的机会。某个编辑可能会坐下
来看一看你的故事，那是因为他知道拒绝你的来稿只需一分
钟，但在接下来好几年的茶余饭后时间都可以跟人描述你这
人有多么让人厌恶。

第六部分

切勿私下尝试的特效和新奇行为

"我怎样当上主角的？简单！我把作者上了！"

有人或许会觉得我们在这一点上的做法有些令人丧气，也无甚必要，然而这无非是一种严厉的爱，希望你们能明白。我们要求苛刻，其实是鼓励你们在写作这条艰难的道路上尽自己最大的努力。

然而面对以下内容时，只是"尽自己最大的努力"就不大够了。前方的领域充满重重险境，恳求你现在走回头路才是负责任的。

对于我们即将讨论的性、笑话和后现代主义题材，如果不能处理好这些，我们坚决主张你放弃这些题材，写些别的。坦白地说，糟糕的激情场面或没什么意义又不好笑的笑话写出来还不如不写，而一旦把握不好后现代主义的传统手法，便会让自己陷入窘境。

写对了一半的激情场面好比呈现给读者的半只小猫。不能说它有整只小猫的一半可爱，而是血肉模糊让人毛骨悚然。写对了一半的激情场面不是只有一半的火辣程度，而是会招致负分评价，并将周围的事物的热度消耗完。

索然无味的笑话不仅无法让读者发笑，更会耗尽你的信誉，让读者对你抛出的下一个笑话也笑不出来。看过一个又一个无聊的笑话，很少会有读者能撑到第十一章中那个真正像样的笑话出场。

失败的后现代主义作品并不是精彩程度、幽默程度减半的半个杰作，而像是玩《涂鸦素描》游戏一样，将作者的硬盘整个颠倒了过来使劲摇晃，变成了小说的各个片段、信件内容、锻炼日记胡乱堆砌在一起的产物。

犯下以下任何一条罪行都能断了你的小说出版之路，同时犯下几条则会将与你名字类似的作者的小说出版之路一并断绝，因为出版方想要以防万一。

激情场面

《海斯法典》[1]

作者别开眼

　　强壮的海盗将她紧紧摁在甲板上，一边大笑一边撕扯她的衣服。"尽管挣扎吧，我的美人儿！"他喊道，"你可逃不出我的手掌心。"

　　不久后，她感到牢牢钳住她的双手松开了。她还活着，安然无恙，但是——老天呐！——她的贞操已不在。更糟糕的是，她已陷入爱河！

有时候读者就吃廉价的刺激这一套。如果你没法让自己窥视那些不雅场面，那么写一部肉欲满满的小说也无甚价值。白瑞德把斯嘉丽抱上楼之后，整个世界就暗了下来，然后第二天太阳升起，这种写法能够流行的日子已随风飘散。

何时亲吻与表白

除非你写的是色情读物，否则对于那些没有情节

---

① 威尔·H.海斯在 1922 年提出的电影制作守则，1968 年被美国电影协会（MPAA）分级制度取代。——编者注

依附的激情场面，你都要仔细审视。有时候需要用这种场面来丰富感情关系，让故事节奏放缓，抑或只是加一点趣味。而有时候这种场面又像是让人尴尬的一堆垃圾。对此如何进行判断是非常复杂的工作，所以我们没法给出放之四海皆准的指导准则，不过还是有几个方面可以供你参考。

激情场面是否推进了故事发展，或者它是某种背景故事？女主人公跟她的空手道教练睡了一觉这件事不一定非得永远改变她的人生，改变可以是非常微小的——也许正是空手道教练给了她勇气去与排放污水的制造企业就臭水河中腔棘鱼莫名泛滥一事进行对峙；又也许他跟她描绘了自己在日本的生活，正好为她提供了破获卡博斯基谋杀案的线索。如果你能加入这样的设定，激情场面就不会显得那么没头没脑了。不过，一个丝毫不知廉耻、没有半点意义、彻头彻尾的激情场面可能会奏效……但这也不能打包票。关于这一点，你的良心（或你最直言不讳的朋友）应当要做出判断。

某个激情场面跟以前那回几乎一样吗？"几乎一样"的意思是同样的角色在相同地点发生的行为。新婚夫妻交欢是个不错的场景，但反复出现之后就把你的作品变成了《干洗店的第二次》之类的恶俗读物，而且读起来很无聊。你让角色尝试新姿势也没用，除非让他们在正在沉没的泰坦尼克号统舱内尝试，这也许能有点价值。

当你并不是很想写激情场面时，那就不要写。大多数题材的小说不涉及清晰的性描写也能讲好故事。如果你在写这些场面时感觉不舒服，我们在阅读的时候很有可能也会觉得不舒服（第268页的《安装说明》展示了可能导致的后果）。

为了表现某个坏家伙的堕落而让他在某些场景中展现出某种奇怪的嗜好，这一招已经越来越不吃香了。在这个时代，拥有一项嗜好是都市新潮职业人士的标配，你把内法罗的捆绑嗜好写成了魔鬼的代名词，很有可能会惹恼一些读者。重点是把内法罗塑造成对女朋友毫不体贴的粗野恶棍，而不是有时会把女朋友绑起来的毫不体贴的粗野恶棍。

《阁楼》杂志投稿

没有前戏

王子揭开薄纱床罩时，辛德瑞拉的呼吸变得急促。她能听到窗外传来的蓝鸲叫声，窗户面向一片沐浴在朝阳暖色下郁郁葱葱的景致。

他躺到她身旁，她朝他微笑。她看到无数个像现在般快乐的明天向她奔来。他把手放到她肩上，为她脱去睡袍，让她那下垂的胸露了出来。他引着她的手握上他那怒气冲冲地抽动着的老二。

"吸我！"他命令道。她如小鸡啄米般点着头，急不可待地想要取悦他。

欲望是一样很有意思的东西，可以有多种不可思议的呈现方式。色情文学作为其中一种形式，以标准修饰语和固定形容词写就，且自有其用武之地。

但色情文学那特有的风格并不适合大多数恋爱场景。如果该场景的核心是完满的爱情，而并非情欲，那写作的重点应放在感觉和触觉方面，而不是乳房的形状和阳具的坚硬程度上。事实上在后者着墨过多会让人感觉作者是个第三者，站在房间里不怀好意地看着陷入爱河的角色们如何翻云覆雨。

还有，如果你想写的场景并没有那么含情脉脉，而是肮脏污秽的，那么语言风格在从平淡日常转为生硬直白和汁液四溢时需要有良好的过渡。虽说性和幽默都很难写，但性场面写着写着就露出滑稽相来却是件太容易的事。要让角色事先温存一番，才能确保角色进入实际行为阶段时，读者对"抽动"这种词的出现已做好心理准备。

超凡的能力

某个男性角色大肆表演

> 他把一丝不挂的合唱队女孩举到半空中，让她直直落下，用自己坚硬如铁的阳具刺入她。她尖叫连连，却即刻达到高潮——一次、两次、三次、四次、五次！他持续不断地用强壮的手臂将她举起、放下，在她因极度的快感而失去意识很久之后仍未停下动作。最终，他达到了撼天动地般的高潮。过后他忍不住赞叹：这女孩已是今晚第十个性伴了，身为一个五十岁的男人，如此战绩真是不赖！

人们自身的能力固然有所差别。有人可以轻轻松松将一只重箱子拎上楼，有人会后空翻，可以倒立着用手走路，或耍弄火焰剑。有人竟然还能当众朗诵诗篇且不出丑。但总有一些事没人能做到。

这种夸张手法曾为人所接受——比如哈罗德·罗宾斯的小说——在那个还没人谈论性的年代，人人都以为别人是这么做的。

安装说明

毫无兴致的性场面

他摸了摸她的左乳，然后是右边。她抚了抚他的背，他也抚了抚她的，然后两人重复了一遍。他们脱去衣服，她把自己的衣服挂好，他则将自己的仔细叠好，放在衣柜旁的椅子上。他说了声"不好意思"，然后去上洗手间，走之前还不忘往房间内喷上空气清新剂。结束后他回到卧室，她赤身裸体地躺在床上。他走到床边，从下往上打量她：脚、脚踝、膝盖、胯部、腰腹部、胸部。她分开双腿示意他进入，于是他进入了。

有时候要让自己打出这些令人羞耻的词真是太困难了。你细细地想象了一番你的祖母读你的小说的场景，然后决定就用"阳具"这个规范的词，但具体行为呢？好吧，不要用"干"——这总感觉有点……粗俗，是吧？医生会怎么说？医生会用专业词汇，比如"交媾"。

就它了！现在你可以大胆无畏地描写角色所做之事了，而不会有任何不得体的感觉。

结果你把这一段写得像关于勃起功能障碍的医疗宣传册，更糟糕的是读起来比直白干脆的"他们干了一整个晚上"还要奇怪，而且带有诺曼·贝茨的风格，让人恐慌。

如果你准备将两人的幽会变作"一场交媾行为"，最好还是把这个场景删干净。

华丽文章

性被掩盖在抒情形式下

休解开拉链时，好像打开了整人玩偶盒，他那胀大的阳具立马弹出，顿获自由。一开始它似乎在批准自己获取自由，像玩闹的马匹一般赞成地点点头。但顷刻间它又想下地狂奔了。它像害怕阳光的吸血鬼般迅速躲入最近的黑暗角落，拽着休紧随其后。休已沦为仓促逃跑的性器官的一具附肢，它一头钻入弗吉尼亚那暗无天日的洞穴中，丝毫不畏惧是否有猛兽潜伏在此，而休确定那儿有猛兽存在。这儿真是挤得可以。而让休落入这一境地的都是他那无法无天的同伴，谁叫它对洞穴探险怀有那么大的热情呢！

大多数对性行为的描述都毫无想象力可言，可不是嘛？都是些老掉牙的下流词语，几个老套乏味的动作，老生常谈，俗不可耐！你准备用一整套比喻来美化它，机智、深刻、诗意一应俱全，说不定还会用上一些巧妙的双关语。

不幸的是，用花哨的比喻来描写性行为几乎不会奏效，唯一例外的情形是作者用这种方式故意嘲弄某个角色在此过程中自命不凡的态度。

笑　话

新生事物：恐龙

说了个所有人都听过的笑话

"嗯，她是个不错的女孩，我很喜欢她。"乔说道。他做了个鬼脸："但她是我说的那种 JAP。"

"JAP？她可不是日本人，她是犹太人，对吧？"安娜困惑地眯起眼睛。

"不，J——A——P 是犹太裔美国公主的意思。"

安娜大笑起来："犹太裔美国公主！太完美了！"

有时候作者让角色编出一个笑话，而这个笑话早在西蒙与舒斯特出版社两位创始人认识之前就存在了。当一个角色用了司空见惯的搞笑段子或习语时，其他角色不该表现得很惊喜，因为他们也该早就听过了。

一大群托儿

角色们的笑声多到不相称

　　乔总结道："我就是这么挣来第一个一百万的，我要早知道后面会引发那么多事就好了！"

　　"对啊，老话说得好，没钱没烦恼。"伊莱恩说道。

　　两人忍不住狂笑起来。平静下来后，乔打趣地说："也许我还是当个穷小子比较好。"

　　两人又不禁大笑起来。伊莱恩擦着笑出的眼泪，屏住笑，努力拼凑出："还是当个普通上班族比较好！"

　　"没错！上班！"乔一句话又让伊莱恩笑到不能自已。她喊道："上班搬砖！"伊莱恩一记反击，乔也顿时笑倒。大笑声在整个房间内回荡，欢乐的时光持续许久。

　　就算是真正有趣的笑话也顶不住角色们一再爆发大笑，笑话本身的幽默效果很可能因此受损。如此做法等同于作者对着自己编出的笑话哈哈大笑，起到的作用和情景喜剧中预先录入的笑声完全相反。

　　当笑话不好笑时，会让读者产生一种奇异的错位感——类似于不明白角色为何突然哭了起来，为何疯了似的乱砸家具。

宁愿谨慎一点，让角色偶尔或适度笑一笑。最重要的是笑声不应用来表明笑话之好笑（读者会自行判断），而应用来表现角色之间的某种关联，或表明他们很开心，等等。

哑　剧

用滑稽动作来产生幽默效果

吉米走进办公室，他头戴一顶棒球帽，身穿格子衬衫，下身是一条极不合身的格子裤子，图案与衬衫完全不同。更滑稽的是他脚跟朝外，用内八字的方式走路。他的脸上始终挂着傻气又期待的表情。

"你好呀，咪咪，我能见下老板吗？"吉米问道。还没等前台回答，他一脚踩上自己散开的鞋带，双手乱舞着绊倒了。他先是踢翻了伞架，顿时一大堆伞被甩了出来。有几把在半空中自动打开，弹走快砸到他脸上的其他伞。随后他一屁股坐到了地上，桌上一只纸镇不巧也被他碰倒，重重砸在他的裆部。最后他挣扎着站了起来，却踩上一把伞再次滑倒，整个人砸到了前台的大腿上。

　　滑稽动作在小说中不会奏效，只因为读者无法亲眼看到。用动作表现的幽默偶尔也能起效，但重点基本仍在如何用诙谐的方式处理小说语言。如果你无法用语言制造幽默，请不要用恶作剧场景来替代。

以下这些也不要用

关于放屁的笑话

　　或者尽是厕所、擤鼻涕，以及任何与这些相关的笑话（参见第 146 页《痘痘大爆发》）。

关于尺寸的笑话

　　在这种笑话中，女人有着大胸，男人有着巨大（或很小）的某部位。基于这些事物的确可以编出绝妙的笑话——其实好的笑话可以取材自任何事物——但加进这些内容并不意味着会自动编出一个好笑话来。还有：

胖女人

　　事实上，某些笑话的主要内容就是拿有些人的体重、吸引力或任何异于常人的滑稽体态特征开涮，我们强烈建议你避开这种类型的笑话。这种做法显得刻薄而卑鄙，这个原因应该足够劝阻你了。但如果你说你不是来听我们上礼仪课的，那我们必须要指出，这种做法会让那些有着超重或吸引力匮乏等问题的读者感到被敌视。另外你要记住，编辑可不是个个都像作家这么苗条又迷人。

最后，请确保你写的并不是：

《宋飞正传》中的某一集

小说中有太多眼熟的喜剧场景了，看着真是烦人。这些作者看了一辈子的情景喜剧和电影，于是"提取"一些放入了自己的小说中。在你的读者中，总有人没看过伊莱恩和摔跤教练约会的那一集，因而总有人会把你剽窃来的故事视作精彩之作。当杰瑞·宋飞和拉里·大卫写下这一段时，这的确是精彩之作。在看过这一集的人眼中，这种无论是有意还是无意识的复制产物就远没有原作那么精彩了。

后现代主义

"你好！我是作者！"

自我参照的小说

空页

牛顿·肖沃尔特著

牛顿·肖沃尔特坐在书桌前，看着空白的一页。[①]

我怎么会走到这一步的？牛顿想道，我把所有的时间都用来构建只有我一人会进入的虚拟世界，而且还有个习惯，到一天结束时会把当天写下的东西全部删除。[②]

我要列个清单，牛顿·肖沃尔特迅速做出决定，为语言障碍下定义。牛顿·肖沃尔特写下的清单就在下方，我向你保证其精确无误。[③]

[①] 尽管小说作者和其笔下的角色有着看上去一模一样的名字，发音却有所不同。当两者有一次相遇时（注：1984 年 3 月 18 日在佛罗里达州的盖恩斯维尔），甚至都无法友好相处。——作者注

[②] 那么作为读者，你是怎么读到这些的呢？会不会叙述者在此并未向我们精确报告牛顿·肖沃尔特脑中的想法？又或者你就是牛顿·肖沃尔特本人？——作者注

[③] 小说历来是一种高等谎言，阅读则是一项长期的怀疑活动。不过此时你可以将一切怀疑搁置在旁，原因有很多，我稍后就为你列出，只等我先列完眼下这份，马上……就好！——作者注

- 作为后殖民时代的白人男性，我认为创作冲动是某种用来挥舞的东西，比如说阳具。
- 资本主义后期是 .mhy76bgtvfs——稍等，我那讨厌的猫咪巴尔托克·肖沃尔特刚刚从键盘上走过，又一次讽刺地打断读者搁置的疑……

为明确讨论目的，我们将后现代主义定义为任何有意在小说中提及作者本人或小说本身，把写作当作纸上墨迹，或任何凸显小说之人造属性的做法。

人们一下就能看出所有这些做法将严重不利于达成小说写作的目标——写出让人信服的故事。

但为何人们仍孜孜不倦地把作者写成角色，插入奇怪的脚注，玩些字体上的小花招来提醒我们这本书乃是一个实体？作者那自作聪明的大脑不是轻易就能排除这些做法吗？

这是因为每年总有人能凭借此法侥幸获得成功。因为这种手法要想用得好极为困难，成功者必定获得了许多附加得分。每个人都在谈论成功者有多聪明，咬牙切齿间透露着嫉妒。在身为小说作者所能获得的回报中，此乃仅次于丰厚钱财的一项大奖。

如果你执意选择这条道路，请将筹码加倍，或干脆金盆洗手。我们无法提供任何援助，只能请你继续写下去，并且你已没有必要阅读后续章节。

第七部分

如何让小说卖不出去

我们花了这么长时间，尽了最大的努力，结果你写的小说要就出版了？怎么回事？不，我们没有生气，只是有点失望，有点受伤。

不过别担心！你的小说离印刷出来还远着呐。因为只要方法得当，你的询问信将成为你唯一一份被人读到的文字。

记住，编辑和代理人都是些大忙人，他们最渴望找到一个充分的理由，将又一份属于"烂俗言情"的稿件干脆利落地扔到"跟我无关"那一堆中去。

就给他们这个理由吧！或许你有着一肚子关于出版的委

屈不满想要一吐为快，那还有什么比一封即将直接寄到出版社员工手中的信更好的倾诉载体吗？又或许你在最后一刻对自己的小说情节架构产生了重大疑问，那记得一定要在询问信中提出。

但要是编辑或代理人忙得连询问信都来不及看，你该怎么做？

放松！你还有内容梗概这一利器。列出整本书的事件，而完全无须考虑这些条目与情节之间有何关联。成功运用这一技巧能让《沉默的羔羊》看上去像一只形状不明的摸彩袋，其中混杂着昆虫学、异装癖、阿巴拉契亚的贫穷现状、高级膳食以及缝合指南，还有人质挟持事件的加入为故事增添趣味。

但如果你足够自负，只要让文中频频出现错别字，小说写得再棒也无济于事。还有一种办法，你只需抽出一个周末将原稿的字体全部设置为 9 号大小，然后为每个角色都单独设置一种有趣的字体。

我们知道你历经艰辛、长途跋涉才到达这里，请先做个深呼吸，再走完这最后几步。到最后，不管你的小说写得有多出色，你将学会如何确保任何人甚至都没有机会来发现这一点。

询问信

女士或先生：

　　你好！

　　我明白你们工作极为繁忙，但请原谅我斗胆向你们发送我的小说，这是我第一次尝试写小说，也许写得很糟糕。我完全知晓自己的语言才能并非十分出色，小说情节也不完美（其实我觉得前100页都可以删掉），有可能主角也不招人喜欢，因为这个人物的原型就是我自己。同时我也放弃任何改进的机会，因为如果书能卖得出去，我只想拿到钱而已。如果对出书有帮助的话，其实你们也可以保留所有版税，我可以再去找份副业……

　　这种办法在日常生活中也许会有用，但是……事实上在生活中也没有用，是不是？

　　即便你的整体语气并没有示例中这么唯唯诺诺，也请时刻留意不要让信中流露出致歉和试图预先避开批评声音的想法。关注小说缺陷的恰当时机是你修订它的时候，而不是向人推销它的时候。

神枪手代理处的各位：

　　我的小说出版的可能性有多大？给你们写信的家伙来自一丁点儿大的罗德岛，位于美国版图的胳肢窝那块（别问我味道如何！我给你们一点提示——P.U.！）。这家伙说他写出了有史以来最棒的小说。只此一次，千真万确！我能看到你们个个都在摇着你们聪慧的大脑袋（奉承话到哪儿都行得通，是吧？哈哈）。但请你们看一看《谋杀莫斯特·福勒》，这是一部关于搞笑侦探诺曼·福勒的精彩故事。看过之后，你们一定会对着收支簿的另一页笑出声来——我保证！

询问信是商务信函。已同意与你合作的代理人或编辑想要看到你对写作持有某种专业态度，因为这是他们用来赚钱的方式。你不必表现得一本正经，完全可以略带点幽默意味。但是正如穿着印有"我和傻瓜在一起"字样的 T 恤去参加工作面试会让人印象不佳，你也不该在询问信中塞满各种俏皮话。

亲爱的编辑：

　　……我退伍后——具体如何退伍是一个很长的故事（我很快就会说到）。我一开始是在滨水区域种植兰花为生，然后厄尔尼诺让我失去一切。这段经历直到我患上老年痴呆病才被我遗忘，而老年痴呆病将我的父亲、叔叔和我的朋友威利都困在了养老院中——正是此时我首度萌发了创作《将我再也无法记起的遥远往事重提的那么那么多方法，露西尔》的念头。正如我在这封信第七页所提及，并在第十一页略加详述的……

请简明阐述。

致相关人士：

　　附件是我二十万字的科幻小说《一个光荣又勇敢的对手》，在这个故事中，柯克和麦科伊与汉·索洛、楚巴卡组队合作……

好了，就此打住，抱歉你之前从未提过这二十万字。你无权使用版权为他人所持有的角色。如果你只打算在网上发布或跟朋友分享同人小说，自然无甚大碍。而一旦牵扯到以此牟利，哪怕只是露出一点意向或可能性，他们的律师会立马闻风而动找到你，像捏死只蚂蚁般摧毁你。如果你非常熟悉这些角色，写了部同人小说，那它们的版权很有可能掌握在一家不近人情的大公司手中。这种公司雇了一大群律师终日忙碌，就是为了保证没有人能在未经许可的状态下使用他们的知识产权。

无论你在何时看到的使用他人角色的小说，都与角色版权持有者有过事先协商。

所以现在把你小说中人物的名字都改了吧。

亲爱的编辑：

……因此，如果你可以签署这份保密协议并且寄还，我就会把我的小说发送给你们，但你也要承诺不会把我的小说给任何其他人看……

比起已出版小说的作者，小说未能出版的作者似乎更担心自己的创意被他人盗取。小说已出版的作者知道世上的创意无穷无尽，而你出售的作品很大程度上展示的是如何执行创意。在这点上，出版业与电影产业有很大的不同。在电影产业中，一个故事创意就是一项财产，能和脚本分开出售。没错，一个展现奇思妙想、带有不可抗拒吸引力的原创情节可以作为小说创作的良好起点，但在专业出版领域，剽窃情节的情况很少发生。放心吧，任你把小说发给谁，那人也不会剽窃你的情节。

亲爱的大出版社总编辑：

……你们很幸运，因为我把我小说的出版机会

给了你们。当我上台领奖时，我保证你们会以此为
荣，因为我可能会在获奖感言中表达对你们的感谢。

　　因为我十分繁忙，又希望六周内看到小说上架
售卖，所以我只能给出几天时间来让你们做出职业
生涯内最重要的决定……

展露自信通常来说对做买卖很有帮助，但如果在询问信中
神气活现地显摆，唯一的结果是让编辑真心享受碾压你的感觉。

　　作为一名尚未成名，也无作品出版的小说作者，此时
的你就像一名正在申请大公司入门级岗位的应征者。正如你
不可能在随同简历发送给比尔·盖茨的求职信中说他那不起
眼的公司没了你的及时援助就会破产，当你向编辑提交小说
时，最好也不要采用趾高气扬的态度。

　　亲爱的珀金斯先生：

　　……我们写作小组的人将我比作托马斯·品
钦[1]和毕翠克丝·波特[2]的集合体；其他人则说我
的作品令他们想起汤姆·沃尔夫[3]和托马斯·沃尔

---

[1]　托马斯·品钦（Thomas Ruggles Pynchon, Jr., 1937—　）：美国后现代主义文学代表
作家。——编者注
[2]　毕翠克丝·波特（Beatrix Potter, 1866—1943）：英国童话作家。——编者注
[3]　汤姆·沃尔夫（Tom Wolfe, 1931—2018）：美国演员、编剧，"新新闻主义之父"。——
编者注

夫 ①；我自己则认为我的写作深受霍华德·菲利普·洛夫克拉夫特 ② 和杰姬·科林斯 ③ 两位名人的影响……

　　将你的作品和著名作家的作品相比较的目的是方便你的潜在买家进行作品归类。但请不要深入解释你所受影响来自何人，因为没人会对此感兴趣。也请不要赘述你的作品与詹姆斯·乔伊斯著作可能存在的相似之处，因为没人会相信这些话。

　　另外，如果用来与你比较的有多人，请尽量列举适合放置在一起比较的作家，以免让人看得头痛欲裂。

你好：

　　写这本小说的时候，我正为了离婚的事痛苦万分，离婚却也正好为我内心打开一个通道，通向当代男性的挣扎核心。这本书以我无法控制的方式，仿佛从我内心直接喷涌而出，经历短短八个月便完成。那段时间我四处游走，我想你们应该看得出来，因为不断变化的背景设定就是该小说的一大特色。最后我想提一下在小说后半部分让角色深受折

---

① 托马斯·沃尔夫（Thomas Wolfe，1900—1938）：二十世纪美国小说家。——编者注
② 霍华德·菲利普·洛夫克拉夫特（Howard Phillips Lovecraft, 1890—1937）：美国恐怖、科幻和奇幻小说家。——编者注
③ 杰姬·科林斯（Jackie Collins, 1937—2015）：美国演员、作家。——编者注

磨的皮疹，这一病症会让人眼睛肿得像渗着液体的土豆，而我们成千上万的荷兰裔美国人已默默忍受多年，但以后再也不会受此痛苦了。

写小说是非常私人的事，而卖小说则是一桩生意。如果你的生活细节与小说的营销有着独一无二的关联——比如说你曾加入过海豹突击队，你又写了本关于海豹突击队的小说——那你必然要提及这些生活细节。否则的话，就等到代理人或编辑问起的时候再说吧。

亲爱的哈勒昆出版社：

……还有，我觉得这本书可以被改编成一部很棒的电影，也许让布拉德·皮特来演斯蒂尔，杰西卡·阿尔巴演琳达娜·刘。等我写完三部曲，也就是《爱之缠绵腰痛》第二、第三部都面世之后，谁知道随后还有多少值得我们欢庆的精彩之作呢？我已经为上奥普拉脱口秀选出了完美的装束……

人人都会做白日梦，但在与人分享自己脑中白日梦时，记得谨慎行事，否则会本末倒置。

亲爱的编辑：

　　……现在第二章已经大体完成，预计剩余部分能在曲棍球 08 至 09 赛季结束之前基本完成。

小说的写作需要耗费很长时间，在此过程中你发现有与你小说相类似的其他小说出版，从新闻中看到对你小说情节至关重要的事件已解决，或事态发生了变化，抑或你自己可能因为担心跟不上世界的步伐而终日焦虑不安。互联网和世上的一切都发展迅猛，等到你写完小说的那一天，会不会小说已经不存在了？

放轻松，深呼吸，然后回去继续写。尽管某些类型小说只需几个章节和一个大纲就可以售卖出去，但我们建议第一次写小说的作者最好还是先写完整本书。参见以下部分。

何时提出计划

如果你并不具备身为作家的丰富履历，那基本不大可能说服编辑买下你尚未完成的原稿，要知道与你一同参加竞争的还有很多已写完的小说。你必须给出一个让人无法抗拒的绝佳理由，才能让编辑心甘情愿地用本可买下一本完整小说的钱来买下你才写到一半的原稿，并对买到手的东西持有十足的把握。

　　怎样才算得上是"丰富的履历"？情况因人而异。如果你有过出书的经历，即便是非虚构类作品，也将令你的处境大大不同。如果你有多年的记者生涯，也会引起编辑的注目。但如果你只有些为朋友的博客写点乐队评论的经历，那还是不要打订金的主意了。撰写广告文案的经历也同样不大够格。尽管你为鱼类储存推广委员会写的推广稿既吸引人又有说服力，合在一起竟能抵得上几本大部头的量——但抱歉，世事就是这么不公平。

　　要想把还没写完的小说卖出去，最佳途径当然是通过你在耶鲁大学二年级时候的室友，谁让他就是编辑呢？这时候不管你小说写没写完，一切都不在话下。如上所述，世事就是这么不公平。

　　如果你准备在原稿未写完的情况下推销你的小说，你需要提交：

- 一封询问信。其中包含对该小说的简单说明，要写得引人入胜；还要谈及小说的市场，并附上你的证书。
- 开头几个章节。
- 内容梗概，包括剩余部分的详细大纲。

　　请注意，尽管书还未写完，你必须向编辑表明自己知道小说会以何种方式结束。

> 但如果你随后变了主意，决定让马尔加纳在被消化怪物吞下之后依然存活，然后继续和被免去圣方济各会修士圣职的圣地亚哥一同寻获真爱，这样可以吗？好吧，改变存在限度。比方说你一开始推销的是恐怖小说，就不能到最后拿出一个软绵绵的成长故事来。不过你也不用过度担忧细节问题，只要大纲显示这是个好故事，最终成书也是个好故事，就不大会发生什么严重的问题。

内容梗概

不要把为狗洗澡的场景放到内容梗概中

第三章。约翰回到家中，发现弗拉菲（他从新泽西的救援人员那儿得来的一条杜宾犬，那时候他正在跟一个同样叫弗拉菲的脱衣舞女约会）需要洗个澡了。因为口袋里只剩五美元，给狗洗一次澡得花上七美元（讽刺的是他正好花了两美元给他妹妹买了本杂志，而那讨厌的妹妹根本就不想看！），所以他只好自己给弗拉菲洗了。他试图控制住弗拉菲，场面十分滑稽。

与此同时，约翰透过飘窗看到朝阳正在升起，在其光辉下，窗外的景色显得十分漂亮……

不要把为狗洗澡的场景放到内容梗概中，所有不含任何情节的场景也一概不要放入。内容梗概应该比小说短，长达五页的话就毫无必要了。

阅读小组指南

在第三章，我引入了蛇的形象（阳刚气质、伊甸园神话、蜕皮＝重生），与此相对的是琳达娜被撕破的内裤（侵犯、南方暴行、对第三次女权浪潮来袭的担忧）。我用这两个意象来创造出意味深长的含义结构。（这并非弗洛伊德主义，其根基是受R. D. 莱恩影响的交互心理学和一种诺齐克风格的自由主义政治修辞术。）

与一再使用的蓝色交替出现的是那些"无色彩"的章节，我在其中刻意避免使用任何与颜色有关的词（比如我会用"一块带有星星形状的长方形区域加上一块条状的L型区域"来描述一面美国国旗），以反映斯蒂尔与萨莎弗拉斯分离后眼中再无色彩的感觉。总体来说，《爱之缠绵腰痛》中从结构上对各种含义的把玩是小说的主要"情节"……

人们从来不会因为急切地想要知道作者用了什么样的意象来指代无能和渴望而迫不及待地往下一页翻。用这种方法写出的内容梗概会比小说本身更长，或者给人以这种感觉。

正如电影《法网》中的冷面侦探所言："女士，只需说出事实。"

悬　念

一切都指向震撼人心的高潮，充满转折的情节会将萨希永远无法想象到的有关布雷德、斯蒂尔、普隆的事大白于天下！她的世界将因此彻底颠覆，读者也将获知她存在的本质，并为之深深震撼。

但透露更多只会毁了这个结尾……

我们是不是提到过这是一桩生意？

正在考虑购买的人的确想预先知道你的书会走向怎样的结局。你不会"毁了"这本书，只会传达一些对他们做出决定十分关键的信息。

检　查

我的词典里没有"拼写检查"这一项

约翰在主卧形来，抚摸着漂亮的杜彬犬"弗拉

菲"。弗拉菲费了几声，扭动着身子，把它尖尖的
鼻子奏到约翰脸上，爪子搭到了干干净净的床上。
约翰自始之中都大笑着要赶它下去。

有些原稿到最后看起来就像布朗纳博士液体皂瓶身上
的标签。犯下这种错误的作者不是个个都不懂如何正确地拼
写和使用标点符号，大多只是因为他们懒得改正全部错误。

你必须把全部错误都改正。

突击测试

你需要改正多少错别字？

1. 一个都不改。

2. 改几个。

3. 全部改掉。

很多新手会说："不是有出版社的文字编辑来干这件事
吗？只要我的故事够精彩，谁在乎这些表面上的东西！"

对此，回答是：我们都希望别人爱真实的我们，爱我们
的内心本质，然而我们还是会冲个澡，对着镜子好好装扮一
番才出门约会去。

如果你的拼写或标点符号使用水平确实不达标，或者你
感觉自己的原稿最好让其他什么人彻底检查一遍，那赶紧行

动起来，在向编辑递交之前寻求合适的帮助。找朋友帮忙是个办法，但如果周围没有人读写能力胜过你，最好考虑出钱雇人来做这件事。

排　版

为稿件排版不比写作那般需要发挥创意，因而只有在这一步，我们不说"如何搞砸"，而会直接告诉你"如何做"。按照以下步骤来做，保管一切顺利：

页边距一英寸，双倍行距，12 号新罗马字体（或其他任何不夸张的字体，如 Courier）。

按顺序加上页码，也就是说标页码时不要每章都从 1 开始。

单页打印。

为了让稿件更容易辨认，可以在页眉处的页码旁标上自己的姓或该小说的名字。

新段落要有缩进，但不要在各段落之间增加行距。

剧本以活页夹的形式呈现，但小说不用。不要用活页夹或订书钉装订小说，也不要用任何方式将页面永久黏合在一起（可以用橡皮筋束一下。）。

先是第一章，接着第二章，然后第三章；如果你觉得要想展现自己最好的一面，就一定得把第七章挪到最前头，那你还是对第　章到第六章的全部内容重新考虑一下为好。

书店里的读者不可能拿起书直接翻到第七章，他们只会从头读起。如果第一章无法令人信服，第七章连露面的机会都不会有。

别把你的小说寄往这些地方

亲爱的哈佛大学出版社：

　　我的作品《宿舍三贤士》是一部定会畅销的科幻小说，对于通常以学术出版为重的贵社来说，我的小说会是一个有趣的新方向……

向文学出版社投递文学作品，向通俗文学出版社投递通俗作品。没有哪个面向大众市场的科幻小说出版社会对你的乔伊斯式的杰作感兴趣，正如文学出版社不会想要从你的刀剑魔法故事中看出什么深刻意义来。某种程度上代理人也是一样。尽管很多代理人乐于尝试新事物，不过事实上还是有所专攻。再说在找到代理人之前，你也需要详细了解此人愿意代理的体裁类型。

亲爱的"只看询问信"代理人：

　　附件是我500页的小说原稿《但我比谁都独特》……

　　有些代理人已预先声明"先看询问信""询问信初审""不要发送全部原稿",那就不要把你一整部原稿都发过去,否则的话你只能促成两件事,一是让生产打印机墨盒的人赚得更多,二是毁掉小说原稿被那位代理人读到的机会。

　　询问信如果使用得当,会让所有人都受益。代理人可以凭此剔除疯子和文理不通者,作者亦可尽情描述其小说不可思议、势不可挡的商业价值。当有代理人看了询问信之后想要看一看你的小说,你可以合情合理地推断出确实有个坐在办公室的人想要读你的小说了。

　　法克森和斯尼克代理处:

　　　　附件为我的小说原稿,另有一张 500 美元的阅读费支票。

　　代理人赖以为生的手段是卖书而并非读书。如果某个代理人向你收取阅读费,你不妨就好好回复一下这封从尼日利亚发来的有趣邮件。那儿还会有几个编辑收费为你提供帮助,不过他们水平良莠不齐,好的能对你大有帮助,坏的会把你的时间和金钱统统浪费,不过他们都没法保证你的小说能出版。如果他们保证能出版,那他们就不是编辑 —— 不是专门做自费出版的,就是一群骗你钱财的大胖子。(与此相关的更多讨论详见随后的《最后那只盒子》。)

作家组织在网上列出了作者需要避开的代理人和编辑的名单，在你准备给任何人打钱之前，请记得查看一下这类名单。总有人挖空心思想要骗走你口袋里的钱，名单无法将所有骗子囊括在内，但至少可以助你避开最臭名昭著的那几个。

最后那只盒子

我们坚信钱只有一种流向——从出版商到作者，我们就是这么传统。尽管我们说过本书不谈及任何规则，但到了这最后时刻，还是要定出一条来：

作者要为取得报酬而不懈努力。

如此的话有补贴的出版或作者自费出版似乎已被排除在讨论范围之外，但我们也认识到出版的世界——或者说整个世界——正处在不停的变化之中，传统的出版方法已不再是唯一有效的出版模式了。

首先，虚荣不再被视为一种恶习，而是完美融入自尊、自信及自我宣传的精神，甚至成了某些职业的必备要求。再则，互联网触及小众市场、促进按需印刷产业独立发展和促成发行渠道轮替，互联网的这些能力已改变出版行业原来的平衡状态。

近来，市场状况的改变引发了一些大获成功的例子，其中不乏通过自费出版的。然而请注意，尽管这些作者凭借着自尊、自信及自我宣传的精神单枪匹马一路前行直至大获全胜，但有个事实显而易见：他们最初还是获得了传统主流出版社的一纸合约。

将小说卖出的漫漫长路始于提交的那一刻，其后可能就是无止境的下坡路。接二连三的退稿单随之而来，直到最后将你击垮。总体来说，这件事很有可能变得毫无趣味可言。

因此，尽管我们依然相信编辑的选择过程是读者良好阅读体验的保证，也相信一旦作者跳过这一步骤便会丢失某些重要的东西，但也理解你持有不同想法。我们不准备就此事与你争论，你也许是对的。我们甚至不准备提出这一问题：即便通过自费成功出版，你能否称得上是一名"出了书"的作家？如果你执意选择如此道路，找到了什么人愿意出版你那长达600页的购物清单，并且那人还夸你是个天才，希望你不要放弃自己的职责，请参照以上所有内容，一定要倾尽全力写出最棒的小说。

后 记

恭喜！如果你一路跟随至此，一定已经从一个无甚出版希望的小说作者，变身为绝无出版希望的小说作者，一身铠甲让人既困惑又害怕。出版的威胁已不复存在，你尽可以大声嘲笑！除了你的血亲、姻亲和友人，你的小说再也不会被世上任何其他人看到，更别说出版了，你大可以安安稳稳睡个好觉啦！

现在，就算你把哈珀和柯林斯两人扣押作人质，哈珀柯林斯出版社的员工也绝无可能同意让你的名字出现在某本书的封面上。如果兰登先生急切地想要与你共度春宵，豪斯先生为了不让你的小说出版，定会不顾一切前来制止。你可以是凶猛的挪威人——探险家红发埃里克本尊——而维京出版社的编辑们宁可驾着燃起火焰的海盗船驶向死神接待英灵的瓦尔哈拉殿堂，也不愿出版你的小说。

如此种种。

摆脱了吹毛求疵的读者带来的威胁，你终于可以充分而全面地发出自己真实的声音。你那神圣而真挚的远见卓识再也不会被商业的脏手所玷污。

希望在你眼中，我们不只是辛劳的写作指南编写人员，而是引领你获得解放的人——是写作指南编写人员中的斯巴达克思[①] 和切·格瓦拉[②]。

但如果你执意违抗我们的意愿，不仅不按书中所授课程来做，反而避开了我们描述的所有错误，也许你的小说现在已经出版了。一旦如此，我们下一本书《如何保持一贫如洗》对你来说一定不可或缺。在这本书中，我们将手把手教你如何从公共场所的卫生间偷卫生纸，如何复兴大萧条时期的艺术——靠免费番茄酱和糖包生存，如何掌握第一次约会就借到钱的诀窍。当你准备靠出版社支付的订金生活时，书中某一章会告诉你哪些纸盒子最适合你所在地区的气候环境，在你无家可归时成为你不折不扣的救命稻草。

但无论你选择的是无法出版的寂寞大道，还是委曲求全印刷出售的胆怯小路，我们始终祝福你。

[①] 斯巴达克思（Spartacus，？—公元前 69 年）：古罗马色雷斯角斗士，军事家。——编者注

[②] 切·格瓦拉（Che Guevara，1928—1967）：阿根廷的马克思主义革命家、军事理论家及古巴革命的核心人物。原文将 Guevara 写成 Guevarae。——编者注

经过这几堂牛头不对马嘴的课程，对你我们就撒手不管了。要不还是像父母送我们去上大学一样告知一声吧："很抱歉，你的稿子不大符合我们现在的要求。"

图书在版编目（CIP）数据

如何写砸一本小说 / (美) 霍华德·米特尔马克，
(美) 桑德拉·纽曼著; 王翼飞译. -- 北京: 九州出版
社, 2020.9

ISBN 978-7-5108-9196-0

Ⅰ.①如… Ⅱ.①霍… ②桑… ③王… Ⅲ.①小说创
作 Ⅳ.①I054

中国版本图书馆CIP数据核字(2020)第102097号

HOW NOT TO WRITE A NOVEL: 200 Classic Mistakes and How to Avoid
Them–A Misstep–By–Missstep Guide

Copyright © 2008 by Howard Mittelmark and Sandra Newman

Published by arrangement with HarperCollins Publishers

Simplified Chinses edition copyright: 2020 Ginkgo (Beijing) Book Co., Ltd.

All rights reserved.

著作权合同登记号：01-2020-4383

如何写砸一本小说

作　　者	［美］霍华德·米特尔马克，［美］桑德拉·纽曼　著　王翼飞　译
责任编辑	周　春
封面设计	BIANCO TSAI
出版发行	九州出版社
地　　址	北京市西城区阜外大街甲35号（100037）
发行电话	（010）68992190/3/5/6
网　　址	www.jiuzhoupress.com
电子信箱	jiuzhou@jiuzhoupress.com
印　　刷	北京盛通印刷股份有限公司
开　　本	889 毫米 × 1194 毫米　　32 开
印　　张	10
字　　数	182 千字
版　　次	2020 年 9 月第 1 版
印　　次	2020 年 9 月第 1 次印刷
书　　号	ISBN 978-7-5108-9196-0
定　　价	42.00元